Goosebumps™

鸡皮疙瘩

系列丛书

CONGLIN KULOU TOU · CAOPING AI REN GUAI

丛林骷髅头●草坪矮人怪

[美]R.L.斯坦 著　袁 异 译

接力出版社
Publishing House

目 录

丛林骷髅头

草坪矮人怪

"鸡皮疙瘩"预告

欢迎来到"鸡皮疙瘩"俱乐部

致中国读者

中国的读者朋友们，你们好！

听说大家很喜欢我的书，我很开心。

我觉得，要让孩子们认识到他们可以到书里去寻找乐趣，这一点非常重要，并且，我还要让他们接触到惊悚的内容，但同时又有安全感。在这些惊悚的场景里我加入了一些幽默元素，这样小朋友们在开怀大笑的同时又有一点点紧张。

很多小朋友觉得交朋友是件很难的事儿，总是奇怪为什么别的小朋友在这方面好像更加轻松容易。对于腼腆的小朋友们，我的建议就是找到你喜欢做的事儿——不管是写作啦，还是运动啦，或者是玩游戏啦，等等。

做这些事儿，会带来两个益处。首先，你可能会遇到别的和你有同样兴趣的小朋友。其次，如果你真的对什么感兴趣，那么你谈论起来时就会轻松自如。

我从来就没停止过和孩子们的交流，我认为重要的是要让孩子们去寻找自己的方式。我提倡小朋友们多读书，找到自己感兴趣的可以轻松自如地谈论的内容。

我认为家长和老师倾听孩子的声音非常重要。有些孩子愿意和父母交流自己的感受，但有些却不愿意。有的时候他们虽然在说一些看似无关紧要的事情，但对于他们自己来说却很重要。

我希望有机会能来中国，见见大家，参观一下这个充满魅力的国度。我很喜欢龙，我一定会好好构思一个关于龙的精彩故事。

到北京看看是我心驰神往的事情。我住在纽约市的中心，但我可以打赌，北京肯定会让人感觉更大——哪怕是对于像我一样习惯了纽约的人来说也是如此。

智者的心灵历险（序一）

首都师范大学教授　著名儿童文学作家、诗人

国际安徒生奖提名奖获得者　金　波

人当少年时，智慧大增，却更加渴望心灵历险，愿意体验一下"恐怖"的刺激。那感觉，让我想起坐上"过山车"的游戏，惊险中嗷嗷的呼叫声不绝于耳，既是恐怖的，又是愉悦的。

现在提供给广大读者的这套"鸡皮疙瘩系列丛书"，当你阅读的时候，就像搭乘一次心灵历险的"过山车"。

少年心理的健康发展，需要一个磨砺过程，生活阅历中的挫折，情感体验中的悲喜，精神世界中的追求，都是人生不可缺少的历程。

心理上的"恐怖"也是一种体验，它可以给予我们胆识、睿智、想象力。

这套"鸡皮疙瘩系列丛书"，在美国颇受少年儿童的青睐，甚至让那些不爱读书的孩子，也耽读不倦，爱不释

手。因此，1999年，这套丛书曾以27种文字版本出版，全球销售两亿多册，作者R.L.斯坦被评为当年最受欢迎的儿童文学作家。

是的，阅读"鸡皮疙瘩系列丛书"，与我们通常阅读小说、童话以及科幻故事相比较，颇有异趣。书中斑驳陆离的情境，浩瀚恣肆的想象，直抉心灵的震颤，蔚成奇观，参配天地。

阅读"鸡皮疙瘩系列丛书"，感受心灵探险，好奇心得到充分的满足，获得充分的自由、畅快。在想象的世界中，可以我行我素，或走马古老荒原，邂逅精灵小怪，或穿越沼泽湿地，目睹青磷鬼火，或瞻谒古宅废园，发现千古幽灵，尽情享受一番超越现实、脱俗出尘的惊险和快乐。

这里有冥茫混沌中创造出的另一个世界，这个世界中所发生的故事，虽属怪诞，甚至可怖，虽是对不真实或不存在的事物纯乎幻想与游戏性的艺术再现，但它又与我们的现实生活息息相通，就如同发生在我们身边的事情，让你相信那诸多的神灵鬼怪，其实都是摄取于现实生活中实有的人物。

阅读这些故事，随着故事的进展，情感也随之波澜起伏，有壮烈的激情，有缠绵的爱意，也有凄美的伤感。总之，阅读的快感，丰沛而多彩。

阅读这样奇异的故事，经过一场心灵的历险和心理上的恐怖体验，同样会对善与恶、美与丑，或彼或此，有所鉴别，这同样有赖读者的灵性与妙悟。

这些故事，打破现实与虚幻、时间与空间的界限，富于魔幻和神秘色彩。我们畅游于这个奇幻的世界，感受着与宇宙万物的冲突、和谐，与古今哲思的交流、契合，与人类的心力才智的感悟、沟通。

我们可以和魂灵互致绸缪，可以把怪诞嘘之入梦。我们的精神世界丰盛了，视野开阔了，心理也会为之更加强健。

要做一个智者、勇者，就要敢于经历心灵的探险。阅读这套"鸡皮疙瘩系列丛书"，虽然会有坐"过山车"的惊恐，但终将"安全着陆"。那时候，你会津津乐道，回味无穷。

斯坦大叔，请摘下你脸上那副吓人的面具（序二）

著名儿童文学理论家、作家　彭　懿

——等了这么久，R.L.斯坦终于来敲门了。

隔着门缝，我窥见月光下是一个青面獠牙的怪物，是他，戴着面具，他来了，我发现我起了一身的鸡皮疙瘩，体温降到了零度。

这个男人就站在门外。

我战栗起来，我不知道是不是应该开门让这个寒气逼人的男人进来。其实，斯坦不过是一位给孩子们写惊险小说的作家，1943年出生于美国的俄亥俄州，比被誉为"当代惊险小说之王"的斯蒂芬·金还要大上四岁。不到十年的时间，他的"鸡皮疙瘩系列丛书"（Goosebumps）就卖出了一个足以让我们的畅销书作家汗颜的天文数字——2.2亿册！

我战栗什么呢？

　　我战栗，是因为惊险小说在我们这里还是一大禁忌。不单是我，许多甚至连惊险小说是一个什么概念都搞不清楚的人，只要一听到"恐怖"两个字，就脸色惨白了。我们是怕吓坏了我们的孩子。但我们忘了，几十年前，在一根将熄未熄的蜡烛后面睁大了一双双惊恐的眼睛听鬼故事的，恰恰正是我们自己。

　　事实上，我们许多人对惊险小说都有一种饥饿感，就连斯蒂芬·金自己都沾沾自喜地说了，不论是谁，拿起一本惊险小说就回归到了孩子。恐怖，原本是人类自诞生以来最原始的一种感情，但到了小说里面，它已经变味了，衍生出了一种娱乐的功能。

　　我们为何会如饥似渴地去追求这种惊险呢？

　　恐怕是因为惊险小说或多或少地表达了现代人在潜意识中的某种对日常生活崩溃的不安，而作为它的核心，潜藏在恐怖的背景之下的"神秘"与"未知"，更是满足了人们的好奇心。还有一个重要的理由，就是有光必有影，有了恶，才看得出善。从本质上来说，人是渴望"善"与"光明"的，通常被我们忽略或是遗忘了的这种倾向，在惊险小说的阅读中都被如数找了回来。不是吗，我们不正是在惊险小说里认识到了潜伏在恐怖背后的"恶"与"黑暗"的吗？面对恐怖，我们才重新发现了被深深地尘封在心底的"正义"、"善"和"光明"。

——门外的斯坦等不及了，开始砸门了，他号叫着破门而入。

斯坦的"鸡皮疙瘩系列丛书"可是够吓人的，看看他都给孩子们讲述了一个个什么故事吧——埃文和新结识的女孩艾蒂从一个古怪的商店买回了一罐尘封的魔血。他的爱犬不小心吃了一口，于是它开始变化，那罐魔血也开始膨胀吃人……

斯坦绝对是一个来自魔界的怪物。

作为一个同行，我无法不对斯坦顶礼膜拜，每个月出书两本的斯坦怎么会有那么多诡异的灵感？他在接受《亚特兰大日报》的采访时曾说过一句话："我整天文思泉涌，写得非常顺手……"斯坦从不吝啬自己的灵感，甚至已经到了铺张奢华的地步，这就不能不让我起疑心了，据说他房间里有一副土著人的面具，我怀疑斯坦一定是戴着这副被下了毒咒的面具不知疲倦地写作的。

除了灵感，他的想象力也是无与伦比的。

当然了，还有故事。和斯蒂芬·金一样，斯坦也是一个讲故事的高手，唯一不同的是，斯蒂芬·金是在给大人讲故事，而斯坦是在给孩子讲故事。在我们愈来愈不会讲故事、一连串的短篇就能串起一部十几万字的长篇的今天，斯坦显得实在是太会讲故事了。他从不拖泥带水，一个悬念接着一个悬念，永远出乎你的意料之外。

记忆里，我似乎没有看到过比它们更好看的故事。

——我逃进了过道，斯坦狞笑着在后面紧追不舍。我透不过气来了，我打开一扇壁橱的门钻了进去，我在暗处打量起这个男人来。

像《魔戒》的作者托尔金提出了一个"第二世界"的理论一样，斯坦也为自己量身定做了一个理论：安全惊险。所谓的"安全惊险"，又称之为"过山车理论"，说白了，意思就是你们读我的惊险小说，就像坐过山车一样，虽然坐在上面会发出一阵阵惊叫，但到头来总会安全着陆。斯坦这人也是够世故的了，明眼人一看就知道这套所谓的理论不过是说给那些拒绝让孩子看惊险小说的大人听的，是一块挡箭牌。

尽管斯坦的"过山车理论"多少带了点贼喊捉贼式的心虚，我们还能指责他一两句，但他在惊险小说上的造诣，我们就只有仰视的份儿了。可以这么说，斯坦已经把惊险小说——至少是给孩子看的这一块——发挥到了极致。

第一，斯坦把惊险推向了我们的日常。你去看他的故事好了，它们几乎都发生在一个与你咫尺之遥的地方，就在你身边，主人公与你一样地说"酷"，与你穿一样的耐克鞋，与你拥有一样的偶像、一样的苦恼……这正是现代惊险小说的一大特征。它缩短了与读者之间的距离，使读者与书中那些与自己相似的人物重叠到了一起。只有这样，读者才会不知不觉地对那些来自魔界或另外一个世界的怪物们信以为真，才会共同体验或者说是共同经历一场可怕的恐怖。

故事发生在我们的日常，并不是说现实世界与幻想世界的界限就在斯坦的作品里消失了。实际上，这不过是幻想小说里一种常见的模式而已，即"日常魔法"（Everyday Magic），它是《五个孩子和一个怪物》的作者E.内斯比特的首创，它不像"哈利·波特"那样从现实世界进入一个幻想世界，而是颠倒了过来，即幻想世界的人物侵入到了现实世界。斯坦非常的聪明，这种"日常魔法"的写法，不需要去设置什么像九又四分之三车站一样的通道，轻而易举地就能俘获读者的"相信"。

第二，斯坦把快乐注入了惊险。写过《挪威的森林》的村上春树曾说过一句话：好的惊险小说，既能让读者感到不安（uneasy），又不能让读者感到不快（uncomfortable）。斯坦就做到了这一点，岂止是没有不快，而是太快乐了。从斯坦的简历中我发现，斯坦曾在一家儿童幽默杂志任职长达十年之久，所以他的惊险小说才能那样逗人发噱。

——斯坦发现了我，一把把我从壁橱里面拽了出来，拽到了阳光下面。这时，他把脸上的面具摘了下来，我终于看清了他的一张脸。

斯坦戴着一副眼镜，不过，他镜片后面的那双眼睛很亮、很单纯，无邪得就像是一个孩子。这与斯蒂芬·金就大不一样了，斯蒂芬·金的那双眼睛混浊得让你不寒而栗。这也就是为什么上帝要选择斯坦来为孩子们写惊险小说的缘故吧！

真的，你读斯坦的书，就像是被一个戴着怪物面具的大叔在后面手舞足蹈地追着，他嘴里发出的尖叫声比你还恐怖，还不时地搔上你几下，你会哇哇尖叫，会逃得透不过气来，但你不会死，你知道这不过是一场游戏。

丛林骷髅头

1 丛 林 之 王

你有没有玩过《丛林之王》？那是个电脑游戏，酷毙了——除非你陷进流沙，或是被藤精缠死。

从一条藤荡到另一条藤上，你的动作必须非常快，要赶在它们还没来得及缠住你之前。同时，你还得抓住藏在树丛后面的丛林骷髅头。

等你收集到了十个丛林骷髅头，你就能多一条命。在这个游戏里，你需要很多条命才能过关。对于新手来说，它有点儿太难了。

我和我的朋友——埃里克和乔尔就在玩《丛林之王》。

跟我一样，他们也十二岁。

我妹妹杰西卡今年刚八岁。她老缠着我们，可我们是不会让她玩的。这是因为，她老是故意冲进流沙里。她就喜欢被流沙吸进去的时候发出来的那种刷刷的声音。

杰西卡根本搞不懂该怎么玩。

"麦克，我们干吗不玩点儿别的游戏呀？"乔尔问我。

我当然知道，他为什么想玩别的。

他刚被一头红犀牛踩扁了——这可是最凶残的一种野兽。

这是寒假里的一天，乔尔、埃里克和我在我的房间里，挤在电脑周围。

杰西卡坐在窗边的椅子上，读着一本书。阳光透过窗户，照在她身上，照得她的红头发闪闪发光。

"卡——利——亚！"我大叫一声，抓起了我的第八个丛林骷髅头。

卡利亚，这是我在丛林里的喊声。有那么一天，它突然就从我脑子里冒了出来。

我猜，它就是我凭空编出来的。

我的脸几乎凑到了电脑屏幕上。

一株茂盛的蕨类植物后面，一把把长矛向我飞来，我东躲西闪。

"卡——利——亚！"我又捡起了一颗丛林骷髅头，发出了胜利的欢呼。

"好了，麦克，"埃里克求我，"你就没有别的游戏了吗？"

"对呀，难道你没有运动类的游戏？"乔尔也问，"我们玩《疯狂篮球》怎么样？这游戏也很酷的。"

"或者《怪异足球》行吗？"埃里克又问。

"可我就喜欢这个游戏。"我目不转睛地望着屏幕回答。

我为什么会对《丛林之王》这么着迷呢？

我想是因为我喜欢在藤上荡来荡去吧。

你知道，我长得胖乎乎的。

事实上，我不仅有点儿胖，而且个子也不高。我就有点儿像红犀牛。

所以，我喜欢让自己在空中轻盈地荡来荡去，仿佛一只小鸟自由地飞翔。

当然了，我得说，这也是个非常棒的游戏。

可乔尔和埃里克却不喜欢，因为每一次玩，赢的人总是我。

今天下午的第一局里，乔尔就被一头鳄鱼吞掉了一半儿。

我想，这结果让他心情不大好。

"知道我爸爸刚给我买了什么游戏吗？"乔尔问，"《卡片战争》。"

我向屏幕凑得更近了。

我正要通过最大的一个流沙坑。只要稍微不小心，就会被吸进沙里去的。

"那是什么样的游戏?"埃里克问乔尔。

"是一种扑克牌游戏,"乔尔告诉他,"你知道的,单人扑克牌游戏,只有卡片互相攻击。"

"酷。"埃里克回答。

"嘿,伙计们——我这儿正在紧要关头呢,"我说,"饶了我好吗? 我可得集中精力。我现在正在流沙坑上。"

"可我们不想再玩了。"埃里克抱怨。

我抓住一根藤,用力向前一荡,又抓住了下一根。

有人撞到了我的肩膀。

"哎哟!"

我看到红头发一闪,便知道那是杰西卡。她又撞了我一下,咯咯地笑了。

我眼睁睁地看到自己在屏幕上坠落下去,被吸进了无底的深渊。

刷,刷,刷,我死了。

我生气地一扭头:"杰西卡!"

"轮到我玩了!"她对我咧嘴一笑,露出洁白的牙齿。

"现在,我们重新开始!"我宣布。

"没门儿,"埃里克不干,"我要回家去了。"

"我也是。"乔尔说着,把脑袋上的棒球帽往下拉了拉。

"就再玩儿一局吧!"我恳求说。

"别了，麦克，还是到外面去吧。"乔尔说着，指了指照进卧室的灿烂阳光。

"是啊，今天是个好天儿。我们去玩玩飞盘什么的，"埃里克建议，"或者是滑板。"

"就再玩儿一局，然后我们就出去。"我不肯放弃。

他俩已经向门外走去。

我真的不愿离开丛林。

我也搞不懂，为什么我从很小的时候就这么喜欢丛林。真的，自打十岁以后，我就迷上了丛林。

我喜欢看关于丛林的电影。小时候，我常常装成丛林之王——人猿泰山。杰西卡也想跟我一起玩儿，所以我就让她扮奇塔——那个会说话的大猩猩。

她很擅长这个角色。

可是，等到了六七岁，杰西卡就再也不愿意当大猩猩了。她变成了一个成天捣蛋的捣蛋鬼。

"麦克，我要跟你一起玩《丛林之王》。"等我的两个朋友走了之后，她对我说。

"没门儿，"我使劲摇头，"你只想冲进流沙坑里去。"

"不会，我会好好玩儿的，"她向我保证，"我这次一定会成功，真的。"

我正要让她加入，可这时候门铃突然响了。

"妈妈在家吗？"我问，听听楼下有没有她的脚步声。

“她好像在后院呢。”杰西卡回答。

于是，我快步走到楼下去开门。

要是埃里克和乔尔改变主意了呢，我心想。

兴许他们又回来了，打算跟我再来一局《丛林之王》。

我拉开前门。

可是我看见的，是我这辈子所见过的最难看的东西。

2 丛林骷髅头

我看见的是一个脑袋。

一个人脑袋，皱皱巴巴的，皮肤很粗糙，大小和网球差不多。

人头干瘪而苍白的嘴唇向后扯着，像是在冷笑。脖子是用粗粗的黑线缝合起来的。眼睛——黑色的眼睛，在向上瞪着我。

一个丛林骷髅头。

一个真正的丛林骷髅头。

我惊呆了，它竟然会出现在我们家前门。

过了好一会儿我才发现，它被一个女人举在手里。

这是一位高个子的女士，岁数和我妈妈差不多大，也许还稍微老一点点。她一头短短的黑发，中间夹杂着一缕缕灰白的发丝。她穿了一件长雨衣。虽然外面温暖而晴朗，

她却把扣子一直扣到了最上面。

她冲我笑了笑。

我看不见她的眼睛，因为她带了一副大大的黑框太阳镜。

她一只手抓住丛林骷髅头的头发——浓密的黑色头发。另外一只手拎着的，是一个小小的帆布手提箱。

"你是麦克吧?"她问我。

她的声音很温柔、很动听，就像电视广告里的声音。

"嗯……是的。"我回答，眼睛却一直盯着那个丛林骷髅头。

我从前看过的所有照片上的丛林骷髅头，都没有眼前这个难看。那么皱皱巴巴，那么干瘪。

"希望这东西没吓着你，"女人面带微笑，"我想早点儿把它送给你，所以才专门从箱子里取出来的。"

"嗯……送给我?"我问她，目光却还在人头上。

丛林骷髅头上，玻璃般的黑眼睛似乎正盯着我。它们更像是玩具熊的眼睛，而不是人的眼睛。

"这是本娜姨妈送给你的，"女人说，"给你的礼物。"

她说着把丛林骷髅头递给我，可我并没有伸手去接。

在游戏里，我整天都在收集丛林骷髅头。可是，我不知道，自己是不是真的愿意去碰眼前的这个。

"麦克——谁呀?"妈妈从后面走了上来，"噢，你好。"

"你好，"那个女人优雅地回答，"本娜没有写信告诉您我会来吗？我是卡罗琳·霍林斯。我和她一起工作，在岛上。"

"噢，我的天哪!"妈妈惊呼起来，"本娜的信一定寄丢了。快请进，快请进。"

她将我拉到一边儿，把卡罗琳让进门。

"看她给我带了什么，妈妈。"我指了指吊在卡罗琳手上摇摇晃晃的绿色小脑袋。

"呀!"妈妈大叫一声，用手捂住了脸，"这不是真的吧?"

"当然是真的了!"我嚷嚷，"本娜姨妈才不会送个假的来呢，对吧?"

卡罗琳走进客厅，放下手中的手提箱。

我深吸了一口气，鼓足勇气，向丛林骷髅头伸出手去。

可是，还没等我够到，杰西卡突然从一旁蹿出来，一把从卡罗琳手里夺了过去。

"嘿——"我大叫一声，伸手去抓她。

她闪开了，咯咯直笑。她的红头发向后飘起。

她双手抓着丛林骷髅头。

可是，她忽然间停下了。

她脸上的笑容渐渐消失了。

她低头看着丛林骷髅头，露出恐惧的神色。

"它咬我!"杰西卡叫道，"它咬我!"

3 可怕的夜

我吓得倒吸了一口气。妈妈在一旁捏了捏我的肩膀。

杰西卡忽然放声大笑起来。

又是她开的愚蠢的玩笑。

她把丛林骷髅头在两手之间抛来抛去，冲我直乐。

"你真傻，麦克。什么都信。"

"快把人头还给我！"我生气地冲她嚷嚷。

我冲过去，一把抓住了丛林骷髅头。

她使劲往回扯，可我也抓得紧紧的。

"嘿——你把它扯坏了！"我尖声喊道。

她真的把它扯坏了。

我把丛林骷髅头拿到面前仔细察看。杰西卡在它右边的耳垂上抓出了一道长长的白色痕迹。

"杰西卡，别这样！"妈妈恳求我们，又起胳膊，压低了声音——她快要生气的时候总是这个样子，"你们乖一点儿，家里还有客人呢。"

杰西卡叉着胳膊，向妈妈撅起了嘴。

妈妈对卡罗琳说："我姐姐本娜最近怎么样？"

卡罗琳取下太阳镜，塞进了雨衣口袋里。

摘了太阳镜，她看起来要更老一些。她长了一双银灰色的眼睛。我能看见，在她眼角周围，有数不清的细纹。

"本娜挺好的，"她回答，"不停地努力工作，有点儿太努力了。有时候，她会在丛林里消失好多天。"

卡罗琳叹了口气，一颗颗解开雨衣的扣子。

"我相信您也知道，工作就是本娜的生命，"她接着说，"她把每一分钟都花在了探索巴拉达拉岛的丛林上。她很想来看望你们，可她离不开巴拉达拉岛，所以，她就请我代她来了。"

"非常高兴见到你，卡罗琳，"妈妈热情地说，"很抱歉，我们事先不知道你要来。不过，本娜的朋友，我们总是欢迎的。"

她接过卡罗琳的雨衣。卡罗琳穿了一条咔叽布裤子和短袖咔叽布衬衣——的确像是丛林探险的装束。

"快请坐，"妈妈对她说，"要喝点儿什么？"

"一杯咖啡就行。"卡罗琳回答。

她跟妈妈向厨房走去，可她停下来冲我笑了笑："喜欢你的礼物吗?"

我低头看了看手里皱皱巴巴、外表像皮革一样粗糙的人头。

"它很漂亮。"我说。

那天晚上,上床之前,我把丛林骷髅头放到了我的衣柜上。

我帮它把浓密的黑头发捋到了脑后。它的前额是暗绿色的,皱得就像个干李子,玻璃般的黑眼睛直直地盯着前方。

卡罗琳告诉我说,这颗丛林骷髅头已经有一百多年了。

我趴在衣柜边看着它。

真难以相信,它竟然曾经属于一个真正的人。

呀!

那个人是怎么丢了脑袋的? 我心想。

又是谁把它干缩成这样的? 此后又是谁收藏的呢?

我真希望本娜姨妈也在这儿。所有这些问题,她都会一一解释给我听的。

卡罗琳睡在客厅尽头的客房。睡觉前我们整晚都坐在客厅里,谈论本娜姨妈。

卡罗琳给我们讲了本娜姨妈在丛林里的工作,还有她在巴拉达拉岛上惊人的发现。

本娜姨妈是个非常有名的科学家。她到巴拉达拉岛已经有差不多十年了。她研究丛林里的动物和植物。

我很喜欢卡罗琳讲的那些故事，就仿佛活生生的《丛林之王》游戏。

杰西卡总想玩我的丛林骷髅头，可我才不让她玩呢。她都已经把它的耳朵弄坏了一点。

"这可不是玩具，这是人头。"我告诉妹妹。

"我用两个握力球跟你换。"杰西卡提议。

她疯了吗？

我怎么可能用一个珍贵的宝物，换两个握力球之类的东西？

有时候，我真担心杰西卡。

十点钟，妈妈让我回楼上的房间去。

"我和卡罗琳还有事情要谈。"她说。

我道过晚安，向楼上走去。

我把丛林骷髅头放在衣柜上，换上睡衣。

我关灯的时候，丛林骷髅头脑袋上的黑眼睛似乎闪了一下。

我爬上床，拉开被子。

银色的月光从卧室窗户洒进来。明亮的月光下，我能把丛林骷髅头看得清清楚楚。在阴影中，它从衣柜顶上望

着我。

它冷笑的模样真可怕。想到这个，我不禁打了个寒战。它为什么有这样可怕的表情呢？

我已经给了自己一个回答：要是有人把你的头干缩了，麦克，你是不会笑得出来的！

看着看着，我睡着了。

我睡得很沉，没有做梦。

我不知道自己睡了有多久。

半夜里，我突然被一个可怕的、低低的声音唤醒了：

"麦克……麦克……"

4 丛林骷髅头活了

"麦克……麦克……"

那个古怪的声音越来越响。

我坐起身来，猛地睁开眼睛。在黑暗中，我看见的是杰西卡。

她站在我床边。

"麦克……麦克……"她轻声喊道，扯了扯我的睡衣袖子。

我使劲咽了一口口水，心怦怦跳个不停。

"嗯，是你？你有毛病啊？"

"我……我做了个噩梦，"她结结巴巴地说，"从床上掉下来了。"

每个礼拜，杰西卡都至少要来这么一次。

妈妈说，她要在杰西卡的床四周修一个高高的围栏，

017

免得她掉下来。另外一个办法，就是给她买张特大个儿的床。

可我觉得，要是有一张特大的床，她会滚得更厉害，照样会掉下来。

就连睡觉的时候，我妹妹也是个捣蛋鬼！

"我要喝水。"她说，又扯了扯我的衣袖。

我叹了一口气，把胳膊抽了回来。

"好啦，自己到楼下去拿，你又不是小孩了。"我粗声说。

"我害怕，"她又扯了扯我的手，"你得跟我一起去。"

"杰西卡——"我开始不耐烦了。

为什么哥哥就要干这个？无论什么时候，只要杰西卡做了噩梦，我最后都得带她到楼下去喝水。

我爬下床，向门口走去。

走到衣柜面前，我们俩都停下了。丛林骷髅头在黑暗中注视着我们。

"我觉得，就是这个丛林骷髅头让我做噩梦的。"杰西卡轻声说。

"别怪它，"我打了个哈欠，"记得吗，你差不多每天晚上都做噩梦。这是因为你脑子有毛病。"

"不许你这么说！"她生气地大叫。

她用力捶我的肩膀，很重。

"要是你再打我，我就不带你去喝水了。"我告诉她。

她伸出一根指头，戳了戳丛林骷髅头的脸。

"呀！摸起来像皮革，不像是人的皮肤。"

"我猜，把它们缩小的时候，人头会变硬。"我说，扯了扯它浓密的黑头发。

"为什么本娜姨妈就送给你一个丛林骷髅头，却不送给我呢？"杰西卡问。

我耸耸肩："我也不知道。"

我们蹑手蹑脚地来到走廊上，向楼梯走去。

"也许本娜姨妈根本不记得你了。上次她见你的时候，你还是个婴儿，我也只有四岁。"

"本娜姨妈肯定记得我。"杰西卡回答。

她就是喜欢和我争论。

"那么，也许她觉得女孩子不喜欢丛林骷髅头。"我说。

我们走下楼梯。我们俩都光着脚，楼梯在我们脚下嘎吱作响。

"女孩子也可以喜欢丛林骷髅头呀，"杰西卡分辩道，"我知道我喜欢。它们很酷。"

我倒了一杯水，递到她手里。她咕嘟咕嘟地喝了几口。

"你会让我一块玩的，对吧？"她问。

"没门儿。"我告诉她。

丛林骷髅头怎么能一块玩呢?

我们摸黑回到楼上。我把她送回到她的房间,帮她盖好被子。然后,我又回到我的房间,爬回床上。

我打了个哈欠,把被子拉到下巴上。

我闭上眼睛,但立刻又睁开了。

房间对面射过来的那道黄光是怎么回事?

一开始,我还以为有人把门外过道上的灯打开了。

可是,我往房间各处扫了一眼,却发现那并不是灯光。

是丛林骷髅头。

丛林骷髅头在发光!

它仿佛被明亮的火焰包围了,闪烁着黄色的光芒。

在黄光下,我看到它的黑眼睛在闪动。

然后是嘴唇——薄薄的、干干的嘴唇,本来充满了怒气,现在也开始抽动。

嘴张开了,露出令人毛骨悚然的微笑。

6 杰西卡捣乱

我吃惊地看着空空如也的衣柜顶。

我身后，不知道谁打开了卧室的灯。

明亮的灯光下，我眨了好几下眼睛，期待丛林骷髅头重新出现。

它到哪里去了呢？

我的目光在地上搜索着。它会不会掉在地上，滚到一边儿去了？它会不会飘到房间外面去了呢？

"麦克，你这又是在开玩笑吧？"妈妈问。她的声音突然显得很疲惫。

"不是——"我说，"真的，妈妈。丛林骷髅头——"

这时候，我发现杰西卡脸上露出狡黠的笑容。

我看见妹妹把双手藏在背后。

"杰西卡，你藏的是什么东西？"我问她。

她笑得更灿烂了。她从来都没法严肃起来。

"什么也没有。"她不肯说实话。

"让我看看你的手!"我严厉地说。

"没门儿!"她回答。

可是，她忍不住又笑了。她把双手拿到了前面。果然，丛林骷髅头正被她紧紧抓在右手上。

"杰西卡!"我生气地大叫起来，从她手上一把夺了过来。

"这不是玩具，"我生气地责备她，"别碰它，听见了吗?"

"它没有发光，"她嘲笑我说，"也没有笑。麦克，这都是你瞎编出来的。"

"我没有!"我嚷嚷。

我看了看丛林骷髅头。干干的嘴唇向后扯着，跟从前一样。

它的皮依然那么绿，那么硬硬的一点也没有发光。

"麦克，你做了个噩梦。"妈妈又说，用手捂住嘴，打了个哈欠，"快把丛林骷髅头放下，我们大家都回去睡觉吧。"

"好吧，好吧。"我嘟囔道。

我又生气地瞪了杰西卡一眼。然后，我把丛林骷髅头放回到衣柜顶上。

妈妈和杰西卡从我的房间走了出去。

"麦克是个傻瓜，"我听见杰西卡说，声音刚好大到我能听得见，"我让他跟我一起玩丛林骷髅头，可他就是不干。"

"等天亮了，我们再说这事儿。"妈妈回答，又打了个哈欠。

我正要关灯，却发现卡罗琳还站在走廊上。她还在使劲盯着我看，脸上还是那副紧张兮兮的神色。

她眯起银灰色的眼睛看着我。"你真看见它发光了吗，麦克?"她轻声问我。

我看了丛林骷髅头一眼。

它黑糊糊的，安安静静地立在衣柜上。

"是的，我真的看见了。"我回答。

卡罗琳点点头。她好像在努力思考着什么。

"晚安。"她说。

然后，她转过身，静静地回客房去了。

第二天早上，妈妈和卡罗琳给了我这辈子最大的惊喜。

7 丛林探险

"本娜姨妈希望你到丛林去看她。"早餐的时候妈妈宣布。

听到这个消息，我的勺子都掉进了麦片碗里。我的下巴也差点儿落到了膝盖上。

"什么？"

妈妈和卡罗琳笑盈盈地看着我。我猜，她们一定很喜欢看我吃惊的样子。

"这就是卡罗琳来这里的原因，"妈妈解释说，"她要带你一块儿去巴拉达拉岛。"

"为……为什么你昨天没告诉我呢？"我尖声说。

"在没有商量好所有的细节之前，我们还不想告诉你。"妈妈回答，"高兴吗？你就要到真正的丛林去了！"

"高兴这两个字根本就无法形容我的心情！"我欢呼

道，"我是……我是……我是……我都不知道该怎么说了!"

两人都笑了。

"我也要去!"杰西卡跑进厨房大声喊道。

我叹了一口气。

"不，杰西卡。这次你不能去，"妈妈拍了拍妹妹的肩膀，"这次是麦克去。"

"这不公平!"杰西卡推开妈妈的手，哭了。

"是的，没错，"我开心地说，"卡——利——亚!"我欢呼。

接着，我跳起来，围着餐桌手舞足蹈地庆祝开了。

"不公平! 不公平!"杰西卡嚷嚷。

"杰西卡，你本来就不喜欢丛林。"我提醒她。

"不，我喜欢!"她抗议道。

"下次就轮到你了，"卡罗琳喝了一大口咖啡，"我肯定，你的姨妈一定喜欢带你参观丛林，杰西卡。"

"是啊，等你再长大一点儿，"我笑笑说，"你知道，对于小孩儿来说，丛林太危险了。"

当然，跟妹妹说这话的时候，我也不知道丛林究竟有多危险。

我还不知道，我将要面对的危险，远远超出了我的想象。

吃过早饭，妈妈帮我收拾好行李。

我想带短裤和T恤衫。我知道，丛林里很热。

可是，卡罗琳却要我带上长袖衣服和牛仔裤，因为我们要穿过扎人的荆棘和藤蔓。另外，丛林里还有数不清的昆虫。

"你必须保护自己不受阳光的伤害，"卡罗琳告诉我，"巴拉达拉岛离赤道非常近，那里的阳光很强。全天的温度都在华氏九十度以上。"

当然，我还小心翼翼地带上了丛林骷髅头。我不在的时候，可不愿让杰西卡乱碰。

我承认，有的时候，我对自己的妹妹并不是那么友好。

在我们开车去机场的路上，我想到了可怜的杰西卡。当我和本娜姨妈开始激动人心的丛林冒险的时候，她却要自个儿待在家里。

我决定，要从丛林里给她带一件真正酷的纪念品。也许是有毒的常春藤，或者是某种毒蛇。哈哈！

在机场，妈妈不停地拥抱我，告诉我一定要当心。接着，她又拥抱了我。这真让人有些难为情。

终于，到了我跟卡罗琳登机的时候。

我感到既害怕，又兴奋，既高兴，又担心——真可以说是百感交集呀!

"一定要寄一张明信片来!"我跟卡罗琳走向登机口的时候,妈妈对我喊。

"要是我能找到邮筒的话!"我对她喊道。

我可不认为在丛林里会有邮筒。

飞机飞了好长时间,真的很久。飞机上连续播放了三部电影。

卡罗琳花了很多时间来读她的笔记和文件。乘务员送来晚餐的时候,她才休息了一下。她给我讲了本娜姨妈在丛林里的工作。

卡罗琳说,本娜姨妈拥有很多激动人心的发现。她发现了从来不被人们所知的两种植物。其中一种是藤蔓,以她的名字来命名——本娜藤。大概就是这名字。

卡罗琳说,本娜姨妈还进入荒无人烟的丛林去探险。她在那里发现了丛林里各种各样的秘密。等她公布这些秘密的时候,她将会闻名世界。

"上次你姨妈来看你们,是什么时候?"卡罗琳问。她使劲扯开了餐具外面的塑料包装。

"很久以前了。"我告诉她,"我都有点儿记不清本娜姨妈的模样了。那时,我才四五岁呢。"

卡罗琳点点头。"那她有没有送给你过什么特殊的礼

物呢?”她问。她掏出塑料刀子，往小面包上抹黄油。

我摸了摸脸，使劲想：“特殊的礼物？”

“她来看你们的时候，有没有带来丛林里的什么东西呢？”卡罗琳问。她放下手中的面包看着我。

她又戴上了大太阳镜，所以我看不见她的眼睛。可是，我感到她在注视我、打量我。

“我想不起来了，”我回答说，“可我知道，她还从来没有带来任何别的东西能和丛林骷髅头一样酷。那个人头真是棒极了！”

卡罗琳没有笑，她扭回头看着面前晚餐盘里的食物。

我看得出来，她好像在思考什么。

吃过饭，我就睡着了。我们飞了整整一夜，最后降落在东南亚的某个地方。

我们到达的时候，刚好是黎明。

机舱外的天空露出深紫色。我从来没有见过这样美丽的颜色。

一轮巨大的红日在紫色的天空中冉冉升起。

“我们要在这里换乘飞机，”卡罗琳说，“这么大的飞机是没法在巴拉达拉降落的，我们要在这里换乘小飞机。”

飞机真的很小，看起来就像是个玩具。它被漆成了暗红色。两边细小的翅膀上有两个红色的螺旋桨。我还到处找了找能让螺旋桨转起来的橡皮筋。

卡罗琳把我介绍给了飞行员。

他是个年轻人，穿了一件红黄相间的夏威夷式衬衣和咔叽布短裤。他的黑头发梳得整整齐齐，嘴上留着黑胡子。他的名字叫艾尼斯多。

"这东西能飞吗?"我问他。

他冲我笑了笑。

"我希望能。"他回答，然后又哧哧地笑了。

他扶着我从金属梯子爬进机舱，然后，他自己钻进驾驶舱。

我和卡罗琳就把机舱装满了。这后面仅够坐下我们两个人!

艾尼斯多发动引擎。它发出嗒嗒的声响，像是一台割草机发动的时候发出的声音。

螺旋桨开始旋转起来。发动机轰鸣着，声音好响，我都听不清艾尼斯多在对我们喊些什么。

后来我终于明白，他是让我们系好安全带。

我使劲咽了一口唾沫，从小小的窗户向外望去。

艾尼斯多把飞机倒出机库。发动机的轰鸣声太吵，我真想捂住自己的耳朵。

这太激动人心了，我心想。就像是乘着风筝飞行。

几分钟过后，我们升空了，低空飞行在蓝绿色的大海上。

朝阳明亮的光线让海水闪闪发亮。

飞机一起一伏。我能感觉到，风吹过的时候，它会随风在空中颠簸。

过了一会儿，卡罗琳指着下面的小岛让我看。

小岛大多是绿色的，四周环绕着金色的沙滩。

"那都是丛林岛，"卡罗琳告诉我，"看到那个了吗？"

她指给我看一个鸡蛋形状的大岛："有人在那个岛上发现了海盗埋藏的宝藏。有金子和珠宝，价值上百万。"

"酷毙了！"我惊呼。

艾尼斯多打开节流阀，让飞行高度降低了一些。飞机低得我都看得见岛上的树丛和灌木。树木似乎都密密麻麻地扭结在一起。我看不到上面有任何的道路。

海水的颜色越来越深，变成了暗绿色。

发动机在咆哮，飞机在大风中起伏。

"前面就是巴拉达拉岛了！"卡罗琳说。

她指着窗外正渐渐靠近的另一个岛。巴拉达拉岛比其他岛屿都大一些，海岸线弯弯曲曲。它弯弯的形状，仿佛一轮新月。

"我真不敢相信，本娜姨妈就在那下面的什么地方！"我欢呼。

卡罗琳笑了："她就在那儿。"

这时艾尼斯多在座位上转过头来，我也看着他。

我马上就发现，他脸上的表情有些不安。

"我们有点儿小麻烦了。"他在发动机的轰鸣声中大声喊。

"什么麻烦?"卡罗琳问。

艾尼斯多点点头，一脸的严肃。

"没错，有麻烦了。你看……我不知道怎么降落这玩意儿，你们俩必须跳下去。"

我惊得倒吸了一口凉气。"可是……可是……可是……"我语无伦次，"我们没有降落伞啊!"

艾尼斯多耸了耸肩。"那就往软的地方跳。"他说。

8 本娜姨妈失踪了

　　我张大了嘴，连气都喘不上来，两手把座椅扶手抓得紧紧的。

　　这时候，我发现卡罗琳在笑。

　　她摇摇头看着艾尼斯多。

　　"麦克可聪明了，"她说，"他才不会上你的当。"

　　艾尼斯多大笑起来。他眯起眼睛看看我："你相信我的话了，对吧？"

　　"哈哈！不可能！"我脱口而出，可我的腿却还在发抖。

　　"我知道你是在开玩笑，"我没说真话，"反正猜到了几分。"

　　卡罗琳和艾尼斯多都笑了。

　　"你可真坏。"她对艾尼斯多说。

艾尼斯多的目光一闪，他的笑容渐渐没了。

"在丛林里，你必须反应迅速，学会随机应变。"他提醒我。

他回过身，拨弄他的操纵杆去了。

我的眼睛一直望着窗外，看巴拉达拉岛从我们身下掠过。大翅膀的白鸟在高低错落的绿树间飞翔。

岛南面的海岸上，清理出一条短短的跑道。跑道外，我能看到海浪拍打着黑色的礁石。

我们降落了，小飞机重重地落到地面——颠得我的膝盖都弹到了空中。我们在高低不平的泥土跑道上又弹了一下，然后才停下来。

艾尼斯多关上发动机。他推开机舱门，帮我们下飞机。我们必须低下头才能出去。

艾尼斯多帮我们把行李搬出来。卡罗琳的是个帆布手提箱。我的行李箱要大一些。他把两件行李放在跑道上，伸出两根指头，冲我们做了个再见的手势。然后，他爬进红色的小飞机，关上了门。

螺旋桨飞快地旋转起来，把地上的沙子吹到了我脸上，我闭上眼睛。

几秒钟之后，艾尼斯多的飞机起飞了。机头向空中高高仰起，在跑道尽头擦着树梢飞去。

飞机拐过一个弯，飞向宽阔的水面。

我和卡罗琳拿起行李。

"我们现在去哪儿？"我瞥了一眼灿烂的阳光问道。

卡罗琳伸手指了指。狭窄的泥土跑道边，延伸出去一片高高的草地。在草地的尽头，是树林开始的地方。我能看见，那里有一排低矮的灰色房子。

"那就是我们的营地总部，"卡罗琳告诉我，"我们把跑道修在它旁边。岛上其他地方全都是丛林，没有公路，也没有别的房子。只有荒野。"

"你们这里有有线电视吗？"我问。

她停顿了一下，忽然笑了。我知道，她一定没想到，我会跟她开玩笑了。

我们拖着行李，向低矮的灰色房子走去。

朝阳还低低地挂在空中，可是空气中却已经能感觉到炎热和潮湿了。数不清的白色小昆虫，在高高的野草上飞舞，一会儿向这边，一会儿向那边。

我听到一阵尖利的叫声。在远处的什么地方，一只鸟在叫，紧接着是一声哀伤的回应。

卡罗琳走得很快。她大步在草地上走着，不去理会飞舞的虫子。我一路小跑才能跟上她。

汗水从我的额头上淌下来。我的后脖子上开始发痒了。

卡罗琳为什么要走这么快？

"我们像是困在这里了，是吗?"我研究着小房子边上低低的、缠在一起的树木，"我是说，等我们旅行结束了，怎么离开这里呢?"

"我们可以用无线电呼叫艾尼斯多，"卡罗琳回答，却一点儿也没放慢步子，"他从陆地到这里，大概需要一个钟头。"

这话让我感觉稍稍好了些。

我踩着高高的野草一阵快跑，拼命赶上卡罗琳。

我的行李箱开始变得越来越沉。我伸出另外一只手，抹了一把眼睛上的汗水。

我们就快到营地总部了。我原本以为本娜姨妈会跑出来迎接我的。

可是，我却连一个人影也没看见。

无线电天线从屋顶上探出来。房子方方正正，平平的屋顶，看起来就像是倒扣过来的纸箱子。每一面墙上，都开着方形的窗户。

"所有的窗户上都挂着的是什么东西?"我问卡罗琳。

"那是防蚊网，"她说着转过身来，"你见过跟你脑袋一样大的蚊子吗?"

我笑了:"没有。"

"嗯，你会见到的。"

我又笑了。她在跟我开玩笑。

我们走向第一座房子。这是一片房子中最大的。

我放下行李箱，摘下棒球帽，用衣服袖子擦了擦额头上的汗。哎呀，这里可真热呀。

房子的入口是一扇纱门。卡罗琳替我打开门。

"本娜姨妈!"我急切地喊了起来。

我把行李放在地上，冲了进去。

"本娜姨妈?"

太阳从窗户的纱窗上照进来。屋内比外面要暗，所以我过了几秒钟才适应了里面的光线。

我看到一张实验桌。桌上摆满了试管和其他仪器。

我还看到一个书架，上面全是书和笔记。

"本娜姨妈?"

这时，我看到了她。她穿了一件实验室的白大褂，正在靠墙的一个水池边上，背对着我。

她转过身来，用毛巾擦了擦手。

不。

那不是本娜姨妈。

这是一个男人。一个身穿白大褂的白发男人。

他的头发很密，整齐地梳到脑后。虽然光线很暗，可我还是能看见他的淡蓝色眼睛，仿佛天空的颜色。那么奇怪的眼睛，仿佛蓝色玻璃或大理石。

他笑了，不过不是冲我笑的。

他冲卡罗琳笑了。

他歪歪脑袋，那是在指我。

"他有了吗?"他问卡罗琳。他的声音听起来很沙哑。

卡罗琳点点头："是的，他有了。"

我看见，她在使劲呼吸，短促的呼吸。

她这是激动还是紧张?

微笑浮现在男人的脸上。他的蓝眼睛在闪动。

"嗨!"我不自然地说。

我真有点儿糊涂了。他究竟在问什么? 我有什么了?

"我的本娜姨妈在哪儿?"我问。

他还没有回答，一个女孩就从后面的房间走了出来。

她有一头金色的直发，和那个男人同样的浅蓝色眼睛。她身穿一件白色T恤衫和白色网球短裤。看起来，她的岁数跟我差不多。

"这是我女儿，凯琳，"男人沙哑的声音轻声说，"我是理查德·霍林斯博士。"

他又扭头对凯琳说："这是本娜的侄子，麦克。"

"我知道。"凯琳马上说，转了转眼珠。

她跟我打招呼："嗨，麦克。"

"嗨。"我回应。

可是，我还是没搞明白。

凯琳把金发向后捋了捋："你上几年级了?"

"六年级。"我告诉她。

"我也是。不过，我这学期没上学，就待在这鬼地方。"她冲她爸爸皱了皱眉。

"我姨妈呢？"我问霍林斯博士，"她在工作吗？我还以为她在这儿呢。你知道，刚才我刚到的时候。"

霍林斯博士那双怪怪的蓝眼睛注视着我。过了好一阵，他都没有说话。

最后，他终于开口了："本娜没在这儿。"

"什么？"我不知道自己是不是听错了。他沙哑的声音很难听明白。

"那她在……嗯……工作吗？"

"我们不知道。"他回答。

凯琳拨弄着一缕头发。她把头发绕在一根手指上，看着我。

卡罗琳走到桌子后，把胳膊撑在桌上，用手把脑袋托了起来。

"你的本娜姨妈失踪了。"她说。

她的话让我觉得天旋地转。

这一切都太突然了，而她却说得那么平静，不带一点儿感情。

"她……失踪了？"

"她已经失踪了几个星期，"凯琳看着她爸爸说，"我们三个一直在想办法找她。"

"我……我不明白。"我不知道该说什么。

我把手放进裤兜里。

"你姨妈在丛林里失踪了。"霍林斯博士说。

"可是……卡罗琳说……"我说。

霍林斯博士伸出一只手，打断了我："麦克，你姨妈在丛林里失踪了。"

"可是……可是你们为什么不告诉我妈妈呢?"我不明白。

"我们不想让她担心，"霍林斯博士回答，"本娜毕竟是你妈妈的姐姐。所以，卡罗琳把你带到这儿来，因为你能帮助我们找到她。"

"什么?"我嘴都合不拢了，"我? 我怎么能帮你们找到她?"

霍林斯博士向我走过来，他的眼睛一直在看我。

"你能够帮助我们，麦克，"他沙哑的声音说，"你能帮我们找到本娜，因为你拥有丛林魔力。"

9 丛林魔力

"我有什么?"

我盯着霍林斯博士。不明白他在说什么。

丛林魔力? 是不是什么电脑游戏, 跟 《丛林之王》
差不多?

为什么他会认为我有什么魔力?

"你有丛林魔力," 他用怪怪的蓝眼睛看着我说, "让
我来告诉你吧。"

"爸爸, 还是让麦克休息一下吧," 凯琳打断了他的
话, "他刚坐了那么久的飞机, 一定累坏了!"

我耸了耸肩: "对, 我是有一点儿累。"

"快来坐下。" 卡罗琳说。

她把我带到实验桌前的一个高凳子旁边。然后, 她看
了看凯琳: "我们还有可乐吗?"

凯琳打开墙边的小冰箱。

"还剩下几罐，"她弯腰到最底下的架子去拿可乐，"下次艾尼斯多应该再带一箱来。"

凯琳递给我一罐可乐。我打开它，往嘴里倒了一口。

我的嗓子又干又热，冰凉的饮料让我感觉好多了。

凯琳靠在桌边，凑到我身旁："你以前到过丛林吗?"

我又喝了几口："没有，没有。不过，我看过很多关于丛林的电影。"

凯琳笑了："丛林跟电影里的可不一样。我是说，没有一群群的瞪羚和大象聚在水塘边，至少在巴拉达拉岛上没有。"

"那岛上有什么动物呢?"我问。

"主要是蚊子。"凯琳回答。

"还有一些漂亮的红鸟，"卡罗琳说，"叫做朱鹭。它们的颜色太神奇了，有点儿像火烈鸟，不过更加艳丽。"

霍林斯博士一直在注视我。他走到桌前，在对面的凳子上坐下了。

我把可乐在滚烫的额头上贴了一下，然后在桌上放下。

"跟我讲讲本娜姨妈的事儿。"我说。

"没什么太多好讲的，"霍林斯博士皱起眉头，"她在研究一种新发现的树蜗牛，在这片丛林尽头的一个地方。可是一天晚上，她再也没回来。"

"我们非常担心，"卡罗琳卷着一缕头发说，咬起了下嘴唇，"非常担心。我们到处找，最后，我们觉得，只有你能帮我们。"

　　"可我怎么帮呢?"我问，"我告诉过你们了，我从来都没有进过丛林。"

　　"可是你有丛林魔力，"卡罗琳回答，"本娜给你的，在她上次去看你的时候。我们都读到了。这都写在本娜的笔记里。"

　　卡罗琳指了指靠墙书架上那一摞黑色的笔记本。我看着那些笔记本，使劲地想，可我还是不明白。

　　"本娜姨妈给了我某种魔力?"我问。

　　霍林斯博士点点头："是的，的确是这样。她担心秘密会落到坏人手里，所以她就把它给了你。"

　　"难道你不记得了吗?"卡罗琳问。

　　"那时候我还太小，"我告诉他们，"我才四岁，一点儿也不记得。我觉得她什么也没有给我。"

　　"可是她真的给了，"卡罗琳又说，"我们知道，你有丛林魔力。我们知道你——"

　　"怎么知道的?"我打断她的话，"你们怎么知道我就有呢?"

　　"因为你看见丛林骷髅头发光了，"卡罗琳回答，"只有拥有丛林魔力的人，那个人头才会对他发光。我们在本娜的笔记里读到的。"

我使劲咽了一下口水。我突然又觉得嗓子好干，心也开始怦怦直跳。

"你是说，我拥有某种特殊的魔力？"我小声问，"可是，我一点儿也没有感觉出什么特别的地方。我也从来没有做过任何有魔力的事情！"

"你拥有魔力。"霍林斯博士轻声说，"这种魔力已经有几百年的历史了。它原先属于奥咯雅人（约鲁巴人的一支，生活在今尼日利亚一带，至今还有一个同名的森林保护区——译者注）。他们过去就居住在这个岛上。"

"他们就是制作丛林骷髅头的人，"卡罗琳接着说，"在几百年前。我带给你的那个人头，它就是一个奥咯雅人的。我们还发现了很多别的。"

"可是，你的姨妈发现了他们古老魔力的秘密，"霍林斯博士说，"她把它传给了你。"

"你得帮助我们找到她！"凯琳说，"你得运用这种魔力。我们要找到可怜的本娜，趁一切都还没有太晚。"

"我……我试试吧。"我告诉他们。

可是，我心中却在暗想：他们一定是搞错了。

也许，他们把我跟别的什么人搞混了。

我根本没有丛林魔力，一点儿都没有。

我该怎么办呢？

10 丛 林 之 夜

这一整天，我都和凯琳一起在丛林的边缘探索。

我们发现了一些奇异的黄色蜘蛛，差不多有我的拳头那么大。凯琳带我看了一种植物，它能用叶子包住昆虫，再用好多天来把它们慢慢消化。

真太酷了！

我们爬上低低的、外表光滑的树。我们坐在树枝上聊天。

凯琳还不错，我觉得。

她有点儿严肃，不那么喜欢笑。她一点儿也不喜欢丛林。

凯琳还很小的时候，她的妈妈就去世了。她想回新泽西去跟奶奶住，可她爸爸却不让。

跟她聊天的时候，我一直在想丛林魔力的事儿。

我觉得，无论它是什么，我真的没有。

不错，我的确一直都喜欢关于丛林的电影和关于丛林的书，还有游戏。我一直觉得，丛林真的很棒。可是，那也并不意味着，我就拥有什么特殊的魔力。

现在，本娜姨妈失踪了。她在巴拉达拉的朋友正急着把她找回来，所以，他们就把我带到了这里。

可是，我又能做些什么呢？

那天晚上，我躺在床上，这些问题一直在我脑子里转来转去。

我抬头望着小木屋低低的屋顶，一点儿也睡不着。

主屋后面，有六七座平顶木屋。我们每个人都有自己的屋子作为卧室。

我的小屋里有一张小床和一块结实的大垫子。一张低矮的床头柜上，放着我的丛林骷髅头。一个小衣柜，除了最底下的那个抽屉之外，全都卡住了。一个小壁橱，只能刚好装下我带来的衣服。在后面，还有一个小卫生间。

从窗户的纱网上，我能听到昆虫在嘶嘶鸣叫。远处传来嘎嘎的声音，不知那是什么动物在嚎叫。

我怎么才能帮助他们找到本娜姨妈呢？我望着黑漆漆的屋顶，听着那些奇怪的声音，心里一直在琢磨这个问题。

我能做什么呢？

我努力回想她的样子，努力回想我四岁的时候，她来看望我们的情景。

　　我脑海里出现的是一个矮个子、黑头发的女人。她跟我一样，胖乎乎的。圆圆的脸，脸色微微发红。黑色的眼睛。

　　我记起来了，她说话特别快。她的声音像小鸟一样活泼，而且总是显得很兴奋。她非常热情。

　　我还记得……

　　别的什么也没有了。

　　关于姨妈，我能记得的也就这些了。

　　她给我丛林魔力了吗? 没有。我一点儿印象也没有。

　　我是说，你怎么就能把魔力随随便便给什么人了呢?

　　我想啊想。我努力想回忆起更多的事情。

　　可我什么也想不起来。

　　我认为，卡罗琳和霍林斯博士犯了一个大错。

　　我决定，明天一早，我就去告诉他们。他们找错人了。

　　一个可怕的错误……可怕的错误。这几个字一直在我心中萦绕。

　　我坐起身来，怎么也睡不着。

　　我的脑子让我无法入睡。我一直很清醒。

　　我决定出去走走，在营地总部周围转转。也许再去茂密丛林的边缘看看。

我蹑手蹑脚地走到纱门边，向外望去。我的小屋在一排房子的尽头。从门边，我能看到其他的小屋，全都黑糊糊的。凯琳、卡罗琳和霍林斯博士都已经睡了。

嘎嘎、嘎嘎嘎。那个奇怪的叫声在远处回荡。一阵微风把高高的野草吹得一起一伏。树叶沙沙作响。

我穿了一件宽松的长袖T恤和短裤。我决定，不用再穿别的了。反正别人也都在睡觉。再说，我也不会走太远。

我穿上拖鞋，推开纱门，走到了外面。

夜里的空气依然炎热潮湿，跟白天几乎没有两样。露水很重，我的凉鞋踩在湿漉漉的野草上，感觉有些滑。野草透过凉鞋，弄得我的脚痒痒的。

我从静悄悄的小屋前走过。在我身边，树木摇曳的黑色的影子映衬着暗紫色的天空。没有月亮，也没有星光。

也许出来闲逛并不是个好主意，我告诉自己。也许今天晚上太黑了。

我想到，我需要一只手电筒。

我记起来，刚才带我去小屋的时候，卡罗琳提醒过我："不带手电筒，晚上一定不要出门。丛林的夜是不属于我们的。在夜里，这里是动物们的世界。"

营地总部的背影在渐渐靠近。我决定掉头回去。

可还没有等我转身，我发现，我并不是独自一人。

黑暗中，我发现了一双眼睛，在身后注视着我。

我吓了一跳。一阵凉意从我后背直冒上来。

紫色的夜色中，我使劲瞧去。我又看到另一双眼睛。

一双又一双的眼睛。

黑色的眼睛，一动不动，一眨也不眨地望着我。

黑色的眼睛，一个叠着一个。

我惊呆了，脚下怎么也迈不开步子。

我知道，我被困住了。它们太多了，实在太多了。

11 神秘笔记本

我两腿发抖，后背一阵接一阵的凉意不断涌上来。

我注视着那些眼睛。黑色的眼睛一双又一双，重叠在一起。我正看着，它们开始发光了。

而且越来越亮，越来越亮。

在金色的光芒中，我发现它们并不是动物的眼睛。

不是动物的眼睛。

也不是人的眼睛。

我看到的是上百个丛林骷髅头！

一个个堆起来的丛林骷髅头，全部重叠在一起，眼睛叠着眼睛。人头如同紧握的拳头，不是撇着嘴在吼叫，就是张着大嘴，可怕极了。

人头叠着人头。黑糊糊的，皱巴巴的，皮革一样硬邦邦的。

从它们的眼中发出金色的光芒。冷冷的目光，格外吓人。我吓得发不出声来，撒腿就跑。

可我的腿却好像被粘住了似的，软绵绵的没有力气。我的心扑通扑通跳个不停。我向营地总部跑去。

黄色的光芒渐渐从我眼前消失了。我拼尽全力跑着，一直跑到房子前面，跑向纱门。

我猛吸了一口气，拉开纱门，冲了进去。

我把后背贴在门上，等待。

我等着怪异的黄光消失，等着心不再狂跳，等着呼吸渐渐平息下来。

过了一两分钟，我终于平静了一些。

那些人头，我心里纳闷它们为什么会那样一个个叠起来呢？

我用力摇摇头，让它们可怕的样子从我眼前消失。

我知道，它们从前都是真正的人。几百年之前，它们都是人。

而现在……

我使劲咽了一口唾沫。我感觉嗓子又干又紧。

我穿过屋子，走到冰箱前面。我需要喝点儿凉的，我告诉自己。

我撞到了实验桌边上。

我手往外一伸，碰到了什么东西。它差点儿滚到桌子下面去，我连忙抓住它。

一只手电筒。

"嘿!"我高兴得叫出了声。

从现在开始，我一定要听卡罗琳的话，我告诉自己。

没有手电筒，我再也不出去了。

我打开手电筒，一柱白色的光照在地上。我举起手电，光落在墙边的书架上。

本娜姨妈的黑色笔记本映入了我的眼帘。

厚厚的一摞，把书架几乎都塞满了。

我快步走到书架边，伸出另外一只手，取下最顶上的一本。它比我想象的要厚，我差点儿没拿稳。

我把它抱在怀里，回到实验桌前。我爬上高凳子，翻开了笔记。

也许，我能从这里面找到点儿线索，我心想。

也许我能找到本娜姨妈传给我丛林魔力的部分。也许我能弄明白，为什么霍林斯博士和卡罗琳会认为我拥有这样的魔力。

我趴在笔记本上，用手电筒的光照亮了它。

然后，我开始一页页翻起来，借着手电光飞快地读着。

幸运的是，姨妈的字写得很大，很清楚。我读起来非常容易。

笔记好像是按照年份的顺序记录的。我一页页往后翻，飞快地浏览着每一页，直到翻到她去看我们的那一年。

我的目光扫过一大段关于蜥蜴的记录——本娜姨妈研究了某种生活在树上的蜥蜴。

随后，她又描述了她发现的一个山洞。山洞在岛的另一边，嵌在海岸边的岩石间。那个山洞，她写道，曾经是奥咯雅人居住过的地方，大约是在二百年前。

本娜姨妈列举出了她在山洞里发现的东西，我草草看了看。

她的笔迹在这里变得非常潦草，有些扭曲。我猜，在当时，这个发现一定让她感到激动不已。

我又翻了几页，开始看一段标记为"夏天"的部分。

我往下读着，嘴都合不上了。我的眼珠差点儿从眼眶里蹦出来。

笔记开始模糊起来。我把手电凑近了一点儿，好看得更清楚一点。

我眨了好几下眼睛。

我不敢相信我所读到的字。

本娜姨妈写下的内容，让人难以置信。

可是，那一个个字写得清清楚楚，就摆在那里。

并且那么令人觉得可怕。

12 偷盗者

手电在我手中发抖。我用双手拿稳了它。

我趴在笔记上，继续读本娜姨妈记录下的内容。我边看，边在默念着：

"为了摧毁丛林，摧毁居住在这里的一切生物，霍林斯博士和他妹妹卡罗琳不择手段，"姨妈用她那清晰触目的笔迹记录道，"他们不在乎这样做会伤害谁，或者会害死谁。他们只想得到自己想要的一切。"

我使劲咽了一下口水。我稳住手电筒的光束，继续往下读。

"揭开山洞里丛林魔力的秘密，是我最惊人的发现，"本娜姨妈写道，"可是我知道，只要有霍林斯博士和卡罗琳在这里，这个秘密就永远不会安全。他们会利用丛林魔力来做坏事。所以，我已经把丛林魔力和它的秘密交给了我的外甥麦克。他住在四千英里外的美国。我希望，这样秘密就能安全了。"

"如果丛林魔力落到霍林斯手里，"姨妈接着写道，"丛林就会被摧毁，巴拉达拉岛就会被摧毁，我也将不复存在。"

我倒吸了一口凉气，翻到下一页。

我尽量拿稳手电筒，好继续往下读。

"如果让霍林斯得到丛林魔力，"本娜姨妈写道，"他会把我的头缩小，直到我消失得无影无踪。我必须让我的外甥留在遥远的四千英里之外，因为他也要把麦克的脑袋缩小成丛林骷髅头，以得到我藏在他那里的魔力。"

"噢！"我不由得呻吟了一声。

干缩我的头？

霍林斯博士会把我的头干缩变成丛林骷髅头？

我重新读了最后的几行："我必须让我的外甥留在遥远的四千英里之外……"

可是现在，我已经不再在四千英里之外了！我对自己说。

我在这里，就在这个岛上！

原来卡罗琳把我带到这儿来，是为了盗取丛林魔力，为了把它从我这里夺走。

她和霍林斯博士为此不惜把我的脑袋缩成丛林骷髅头！

我重重地合上了笔记本。

我深吸了一口气，并将它屏住。可是，我的心却还在狂跳不止。

他们对本娜姨妈都做了些什么？我不知道。

他们是不是想从她那儿得到秘密？他们有没有对她下毒手呢？

或者说，她逃走了？她是逃走了吗？

他们把我弄到这里来，是不是为了追踪她，再把她抓住呢？然后等我找到她之后，他们是不是打算把我俩的头也缩小呢？

"不……"我喃喃自语，努力让自己不要发抖。

我还以为他们都是朋友……

因此，这里对我来说并不安全，我告诉自己。

我现在非常危险。

我必须离开这里。穿上衣服，远离这些坏蛋。

越快越好。

我跳下凳子，转过身，向门口走去。

一定要出去。一定要离开这里。

我的心还在狂跳，逃离这里——这几个字随着心跳在我脑海中不断重复。

我伸出手去，正要拉开纱门。

可是，我发现有个人正站在那儿。

那人站在黑糊糊的阴影当中，挡住了我的去路。

"你在这儿干什么呢？"一个声音喊道。

13 蓝眼睛凯琳

凯琳推开门，走了进来。

她穿了一件超大号的T恤衫，一直垂到膝盖上。她头上的金发显得有些凌乱。

"你在这儿干什么?"她问我。

"让我走!"我大叫。

我举起手电，当做武器。

她后退了一步。

"嘿——"她吃惊地叫了起来。

"我必须离开这儿。"我想从她身边冲出去。

"麦克，你怎么了?"她问我，"你怎么变得这么疯疯癫癫的了?"

我停在门口，用肩膀顶住门框，让纱门半开着。

"我看过本娜姨妈的笔记了，"我用手电照在她脸上，对她说，"我知道本娜姨妈说了些什么，关于你爸爸，还有卡罗琳的事儿。"

"哦——"凯琳长叹一声。

我把刺眼的手电照在她脸上。她看了我一眼，抬起胳膊遮住了眼睛。

"我姨妈究竟在哪儿？"我厉声问道，"你知道她在哪儿吗？"

"不知道，"凯琳回答，"把手电筒放下，好吗？你没必要这样晃着我。"

我把手电从她脸上移开。

"你爸爸有没有对我姨妈下毒手？他有没有伤害我的本娜姨妈？"

"没有！"凯琳尖声说道，"你怎么能问这种问题呢，麦克？我爸爸一点儿也不坏。只是在一些问题上，他和本娜的看法不一样。"

"你肯定不知道我姨妈在哪儿吗？她是不是为了躲开你爸爸藏在什么地方？她还在这个岛上吗？"一个又一个问题从我心里蹦了出来。我真想抓住凯琳，逼她告诉我实情。

她用双手捋了捋两边的头发。"我们都不知道你姨妈在哪儿，真的不知道。"她说，"这就是卡罗琳会把你带到这儿来的原因，想让你帮助我们找到她。我们都替本娜感到担心，真的。"

"你在撒谎！"我生气地嚷嚷，"我读了我姨妈的笔记。你爸爸才不会为我姨妈担心呢。"

"好吧，可是我担心，"凯琳还是不肯让步，"我很喜欢你姨妈。她对我很好。我爸爸和卡罗琳姨妈同本娜有过争吵，可我一点儿也不在乎。我替她感到担心，真的。"

我又举起了手电。我想看清楚凯琳脸上的表情。

我想知道，她说的是不是真话。

她的蓝眼睛在灯光下闪烁。我看到一行泪珠从她的脸上滑下。

我觉得，她跟我说的是实话。

"好吧，如果你真担心我姨妈，那就帮我离开这儿。"我说着，把手电放低了一些。

"好的，我会帮你的。"她立马说，连想都没有想。

我推开纱门，轻轻走了出去。凯琳跟在我身后。她悄无声息地关上了纱门。

"快把手电关掉，"她低声说，"别让爸爸和卡罗琳发现。"

我关掉手电筒，踏上湿漉漉的草地，向我的小屋走去。

我走得很快。凯琳快步赶上我，走在我身边。

"我回去穿衣服，"我低声说，"然后我就去找本娜姨妈。"

我突然打了个寒战："可是，怎么找呢？我要到哪里去找她呢？"

"利用你的丛林魔力，"凯琳低声说，"它会告诉你，本娜在什么地方。它会给你指引方向。"

"可我不能，"我声音尖了起来，"一直到今天，我都不知道自己有什么魔力。我还是不敢相信这是真的。"

"利用你的丛林魔力——"凯琳接着说，眯起眼睛看了看我。

"可我不知道该怎么用！"我说。

"丛林魔力会引导你的，"她回答，"我知道它会的。我知道，它会给你指引方向。"

我不知道。

可是，我什么也没有再说。

我的心里很乱。本娜姨妈写的那些话，一直萦绕在我心头。

我本来应该在四千英里之外，我告诉自己。只有在四千英里之外，我才是安全的。

现在，我怎么才能从卡罗琳和霍林斯博士的手中逃脱呢？

怎么办？

我们沿一排小屋向前走去。空气中依然有一种潮湿的味道。天空已经全黑了。没有星星，也没有一丝月光。

我要去穿好衣服，然后就出发，我告诉自己。

穿好衣服，离开这里。

"快点儿，麦克，"凯琳在我身边轻声说，"快点儿，别出声儿。爸爸睡觉的时候很警觉。"

我的小屋出现在尽头。

还没有回到小屋，我就听到草地上传来轻轻的脚步声。

那脚步声很快。

凯琳猛吸了一口气，抓住我的胳膊。

"噢，不！是他！"

14 逃入丛林

我觉得自己蹦了起来。

我该跑吗？要不要找个地方躲起来？

如果这是在《丛林之王》游戏里，我就知道该怎么办。我知道如何逃脱那个邪恶科学家的魔爪。

我会抓住藤蔓，把自己荡到安全的地方。

可是，现在我面对的不是游戏。

我把背紧紧贴在小木屋的墙上，愣在那里，准备束手就擒。

飞快的脚步声越来越近。

我屏住呼吸，可是我的心却止不住地狂跳。

我屏住呼吸——却看到一只长相滑稽的动物跳了出来。

来的并不是霍林斯博士，而是一只古怪的兔子，长着巨大无比的耳朵。它一边跳，一边用大爪子重重地敲打着地面。

我眼看着这怪异的动物跑掉了，消失在两幢木屋之间。

"那是兔子吗？"

凯琳举起一根手指，放在嘴唇上，提醒我不要大声说话。

"这是你姨妈发现的一种巨型兔，是一个新的物种。"

"真长见识，"我喃喃道，"可是，现在不是上自然课的时候。"

凯琳推着我的肩膀，向我的小屋走去。

"赶紧，麦克。要是我爸爸醒了……"她没有把话说完。

"要是他醒过来，他就会把我的头干缩掉。"我在心里替她说完了这句话。

我的腿像是灌了铅，可我强迫自己撑着走进黑漆漆的小屋。

我的手抖得厉害，几乎连衣服都穿不上。我拿起今天穿来的牛仔裤，还有一件长袖T恤衫。

"赶紧！"凯琳在门边催我，"快点儿！"

我真希望她别再说了。每次都吓得我一哆嗦。

"快点儿，麦克！"

我打开行李箱，拿出我带来的手电筒。然后，我向门边走去。

"快,麦克,快走!"凯琳又说。

走到屋子中央,我停了下来。

我抓起那个丛林骷髅头,把它塞进我T恤衫的口袋。

然后,我推开门,走到屋外。

我应该到哪里去呢?我该怎么办?我怎么才能找到本娜姨妈呢?

无数个问题在我脑海中回旋。我的嗓子火辣辣的,还有些痛。我很想从实验室里拿一罐可乐,可是我知道,不能冒这个险。因为那样做很有可能会吵醒霍林斯博士。

我们穿过湿漉漉的草地。

"在走过那片树林之前,千万不要打开手电。"凯琳提醒我。

"可是我该去哪儿呢?我怎么才能找到本娜姨妈呢?"我轻声说,并咽了一下口水。

"从这里出去只有一条路,"凯琳告诉我,指了指空地边上一片密密麻麻的树林,"沿着这条路你可以走出去一段。"

"然后呢?"我又问,声音有些发抖。

她的眼睛望着我:"剩下的路,丛林魔力会指引你。"

是啊,当然了。

下星期,我会扑扇着两条胳膊,飞到月球上去。

我突然很想掉头回去，回到我的小屋，回到床上，假装我从来没有读过姨妈的笔记。

　　这时候，我和凯琳走过一大堆丛林骷髅头。它们黑色的眼睛似乎都在瞪着我，显得那么哀伤。

　　我可不愿意自己的脑袋成为它们中间的一个。

　　我决定了，我不愿这样！

　　我开始向树林里跑去。

　　凯琳快步追了上来。

　　"祝你好运，麦克！"她轻声说。

　　"谢……谢谢！"我有点儿结结巴巴。

　　我停下来看着她："可明天早上，你怎么跟你爸爸说呢？"

　　凯琳耸耸肩。风儿吹起了她金色的头发。

　　"我什么也不会告诉他，"她说，"我会说，我一整夜都睡得死死的，什么也没听见。"

　　"谢谢。"我又说了一声。

　　我紧紧抓住手电筒，转过身，跑进了树林。

　　小路很软，路上全是沙子。我的凉鞋踩在上面，感觉湿乎乎的。藤蔓和巨大而扁平的树叶一直长到了路边。我一路小跑，它们轻轻拍打在我的裤腿上。

　　小路上长出了高高的野草。过了一分钟左右，周围已经黑得什么都看不见了。我是不是走出小路了呢？

我打开手电，照了照地面。

灯光下出现的是高高的野草，怪异的蕨类植物，还有藤蔓植物的卷须。四周的树干黑漆漆的，好像要向我倒下来似的，它们软软的树枝向我伸了出来。

已经没有路了。

我进入丛林了，我望着手电苍白的光柱想。我就在这里，独自一人，在茂密的丛林之中。

现在我又该怎么办呢?

15 巨型蚂蚁

"噢!"

我感觉脖子上有蚊子,赶紧狠狠拍去。

太迟了。我感到已经被它咬了一口。

我揉了揉脖子,向高高的野草中间走了几步。我让手电的光束一直照在跟前。

"阿——呜——塔,阿——呜——塔。"

一阵尖尖的叫声,就在附近。

我停下了脚步。

夜晚的丛林是属于动物们的。想起这个,我不禁打了个寒战。

"阿——呜——塔,阿——呜——塔。"

这是什么在叫?

不是巨型兔子。声音听起来像是个大家伙。

070

　　我用手电筒向四周照了一圈。在草丛和藤蔓的地方，我把灯光压得低低的。光滑的树干在苍白的光线下泛出紫色的光芒。

　　我什么动物也没有看见。

　　我放低手电的光圈。

　　我浑身哆嗦。夜晚的丛林里，到处都能感觉到潮湿的热浪，可我还是忍不住瑟瑟发抖。

　　一阵风让树叶相互拍打着，树木弯下了腰，发出沙沙的声响。

　　我明白，丛林里充满了生机。

　　到处都有昆虫的鸣唱。巨大的树叶拍打着。我听见什么动物噼噼啪啪的脚步声。

　　"阿——呜——塔，阿——呜——塔。"

　　那究竟是什么呢？

　　我自己都没有意识到，身子就已经紧紧贴在了一棵低矮的树上。我深吸了一口气，然后屏住呼吸，仔细听着。

　　那动物在向我靠近吗？

　　密密麻麻的树叶从低矮的树枝上垂下来，就好像是一个能遮风避雨的洞穴。它们可以为我提供一点保护，我心想。

　　我四处张望。躲在这厚厚的树叶下，躲在这低矮的树枝下，我突然有了一点点安全感。

从树叶组成的顶棚上望出去，我看到一轮明亮的月亮。树叶在银色的月光下闪烁着光芒。

我关上手电，蹲下身子，在地上坐了下来。我靠在光滑的树干上，抬头望着月亮。我的呼吸渐渐平静下来。

平静下来之后，我这才发觉自己有多累。

睡意像是一块巨大的毯子，将我笼罩了。我很响地打了个哈欠。我的眼皮沉得仿佛被压上了千斤的重量。

我努力让自己保持清醒，可是，却怎么也无法抵挡昏昏沉沉的睡意。

昆虫的鸣叫声就像是摇篮曲，我把头靠在树干上，立刻就睡熟了。

我梦见了那些丛林骷髅头。

几十个丛林骷髅头，皮革般紫色和绿色的皮肤。黑色的眼睛像是煤球一样放着光。干干的黑色嘴唇向后咧着，像在发出愤怒的吼叫。

人头飘浮着，随着我的梦境舞动着。它们飞来飞去，仿佛一个个网球。它们向我飞来，撞到我的胸口，从我的脑袋上弹回去。可是，我却什么也感觉不到。

它们飘浮着、飞舞着。这时候，干干的嘴唇张开了，齐声唱起歌来："快点儿，麦克。快点儿。"这就是它们唱的。

它们发出来的声音沙哑刺耳，仿佛风吹动枯叶发出的哗啦声。

"快点儿，麦克。快点儿。"难听而可怕的声音在唱。

"快点儿，麦克。快点儿。"

唱着唱着，黑色的嘴唇扭曲了，变成了冷笑。

黑黑的眼睛发着光。丛林骷髅头——几十个皱巴巴的人头，来回跳跃着。

这些声音在我耳边回荡，我醒了。

我睁开眼。晨光泛着灰色，从树叶间照下来。我的背好痛。我的衣服也都湿漉漉的。

过了几秒钟，我才反应过来，弄清楚自己在什么地方。

可怕的梦依然萦绕在我的脑海中。我摸了摸T恤衫的口袋，丛林骷髅头还在。

我觉得脸上好痒。

我伸手抓了抓脸颊，从上面揪下点儿什么东西。

是树叶吗？

不是。

我看了一眼抓在手里的昆虫。那是一只巨大的红蚂蚁，足足有蚂蚱那么大。

"哎呀!"我大叫一声，把它扔得远远的。

我的皮肤有点刺痛，我的背也好痒。有什么东西正在我的腿上爬上爬下。

我一下子跳了起来。

这下，我完全清醒了。

我浑身痒得要命，全身都像针扎似的痛。

我低头看看自己，看了看身上的牛仔裤和T恤衫。

我发出一声尖叫。

16 丛林魔力的咒语

我跳了起来。在空中乱挥了几下胳膊，踢了几下脚。

我浑身都爬满了大红蚂蚁！

成百上千只，爬在我的胳膊上、腿上、还有胸口上。

它们扎人的腿在我的喉咙和背上划来划去。我从额头上抓下一只大个儿的，又从脸颊上抓下来另外一只。

我一伸手，发现它们还爬进了我的头发。

"噢——"我呻吟起来，拍打着我的头发。我用手在头发中间乱抓，看到一个个大红蚂蚁落在地上。

我感到它们爬上了我的手背。火辣辣的，还很扎人。那么大，那么多。

我跪下来，使劲拍打胸口，把蚂蚁从我脖子上抓下来。我在高高的野草间滚来滚去。清晨的露水沾湿了我的全身。

我滚着，拍打着。从这边滚到那边，想把那些蚂蚁压扁，想摆脱掉它们。我又从头上抓下来一把，把它们扔进了旁边的树丛。

我挣扎着站起身来，扭动着，不停抓着身上的蚂蚁。

可是，它们太多了。我浑身又痒又痛。它们细小的腿扎在我胳膊上、大腿上和胸口上。

太痒了，我感到自己已经快要喘不过气了。

我发现，我快要闷死了。这些蚂蚁，它们想闷死我！

"卡——利——亚！"我大叫一声，扭动着，拍打着，"卡——利——亚！"

让我吃惊的是，蚂蚁开始从我身上往下掉。

"卡——利——亚！"我又喊了一声。

蚂蚁像雨点一样落到了地上。它们从我头发里跳出来，从我额头上、衣服上掉了下去。

我看着他们落向地面，感到诧异万分。

接着，它们匆匆忙忙地逃走了，互相挤在一起，慌乱地躲进了草丛中。

我揉揉脖子，又挠了挠腿。我全身都在刺痒。

可是，那些大蚂蚁终于走了。我刚才喊出那几个奇怪的字后，它们便纷纷跳了下去。

那几个奇怪的字。

我低头看看衣服，希望赶走浑身的刺痛。

我的衣服口袋里，丛林骷髅头的眼睛又亮了起来。它发出明亮的黄色光芒。

"哇!"我抓起人头，把它从口袋里掏出来。

我把它举到我面前。

"卡——利——亚!"我对它喊。

它的眼睛更亮了。

我的独特语言。

这几个字是从哪里来的?我不知道。我一直以为是我自己胡编乱造的。

此时我突然明白了，这几个字就是藏在丛林魔力后的秘密。

这几个字，加上丛林骷髅头。

无论如何，这几个字唤醒了我身上的丛林魔力。

当我喊出这几个字的时候，蚂蚁从我身上跳下来，逃走了。

我激动地注视着发光的人头。我的心怦怦狂跳。

我全神贯注地望着人头，使劲地想。

我真的拥有丛林魔力。

霍林斯博士和卡罗琳说的没错。

我拥有丛林魔力，自己却不知道。

"卡——利——亚"就是解开它的咒语。

它帮助我摆脱了大红蚂蚁，也能帮我找到本娜姨妈吗?

"会的!"我大声喊, "会的!"

我知道它一定能。我知道,我现在就能找到她。

我不再害怕这片丛林和丛林里的生物。我不再害怕这片炎热混乱的丛林里可能等待着我的任何东西。

因为我拥有丛林魔力!

我拥有它,而且我还知道如何去使用它。

现在,我必须马上找到本娜姨妈。

一轮红色的朝阳爬上了树梢。空气已经很闷热潮湿了。鸟儿在头顶的树枝上唧唧喳喳。

我一手拿着手电,一手拿着丛林骷髅头,开始迎着太阳奔去。

我要向东走,我告诉自己。太阳从东方升起。

这是找到姨妈的正确方向吗?

是的,我知道这是对的。

丛林魔力会指引我。我只要跟随它的引导,就会找到本娜姨妈,无论她藏在岛上的哪个角落。

我跑过高大的藤蔓、低矮的灌木丛。我低头钻过一片光滑的白色树枝,穿越巨大的绿色蕨类植物时,可没少挨它们宽大的阔叶的拍打。

我穿过一片宽阔的沙地,阳光直射在我脸上。汗水顺着我的额头直往下淌。

"嘿——"我的脚在柔软的沙地上一滑。

我失去了平衡。

我的双手向外一伸。手电筒和丛林骷髅头落进了沙地。

"嘿——"

我开始下陷了。

沙子淹没了我的脚踝，然后又淹没了我的腿。我乱踢着，疯狂地挥舞着手臂。

我抬起膝盖，想从深深的沙里走出来。

可是，我还在下陷，而且下陷得更快了。

沙子已经没到了我的腰。

我越挣扎，就下陷得越快。

越陷越深，越陷越深。

我正陷入流沙坑。

17　无底洞

我双腿动不了啦。

在滚烫潮湿的沙子里，我已经陷得太深了。

沙子没到了我的腰上。

沙坑像个无底洞，我想。

我会这样一直下陷。我会一直陷到它淹没我的头，直到我完全消失。

我的朋友，埃里克和乔尔曾经告诉我，没有真正的流沙。现在，我真希望他们说的是对的。

可事实证明，他们是大错特错了！

我张嘴想喊救命。可是，我太慌了，一点声音也发不出来。发出来的，只是微弱的尖叫。

叫又有什么用呢？我问自己。

四周荒无人烟。没人能听见我的喊声。

我还在下陷，感觉沙子又厚又重。我把双手举过头顶，到处乱抓，像要抓住空中的什么东西。

我试图移动两腿，试着上下踩，就好像是在踩水，或者是蹬自行车。

可是，沙子太重了，我已陷得太深。

因为恐惧，我的胸口在剧烈地一起一伏。我大口大口地喘着粗气。

我张开嘴，还想叫救命。

突然，我有了个主意。

"卡——利——亚!"我大叫。我的声音高高的，充满了恐惧。

"卡——利——亚! 卡——利——亚!"

然而，什么都没有发生。

18 绝望

"卡——利——亚！卡——利——亚！"

我拼尽全身力气大声喊出了这几个字。

可是，我还在越陷越深，陷入潮湿柔软的流沙坑。

"卡——利——亚！"

不，还是什么动静也没有。

我的胳膊在头顶上挥舞。我仰起头，望着淡蓝色的天空，望着空地边的树林。

在我视线中，除了树，别的什么也看不见了。

没有一个人。

没有人能够救我。

"噢！"我忽然意识到，为什么我的咒语此刻不起作用了。

因为丛林骷髅头不在我手上。

刚才我掉进流沙坑的时候，丛林骷髅头失手飞了出去。

它在哪儿？它在什么地方？

它陷到沙里去了吗？

我的眼睛在棕黄色的沙地上疯狂地寻找，寻找它的踪影。

潮湿的沙子在我身边冒着泡，发出咕嘟咕嘟的声响，仿佛一碗浓浓的汤。

我陷得更深了。

这时候，我看到了丛林骷髅头。

它就落在前方的地面上，黑眼睛仰望着天空。它的头发散开，铺在沙地上。

我兴奋地大叫起来，伸出两只手想要抓住它。

可是，它离我太远了。我够不到，就差那么一点点。

"啊!"我发出低沉的吼声，拼命想抓住它。

我伸长胳膊。

再长一点，再远一点。

我身子向前一扑，尽力把手臂向前伸。

我要拿到它。

我屈起手指，想要抓到它！我呻吟着，叫喊着。

我伸出手去，伸过沼泽一样的沙地。

可还是不行。

我就是抓不到它。

丛林骷髅头离我的指尖还有一英尺远。

这时候，一英尺仿佛长得有一英里。

这样不行，这样不行。

我的指尖什么也够不到。我够不到它。

我知道，我不行了。

我的手重重落在湿漉漉的沙地上，我绝望地叹息起来。

19 猛虎咆哮

我的手拍在沙地上，发出啪的一声响。

丛林骷髅头跳了一下。

"啊?"我吃惊地叫了起来。

我的心开始怦怦直跳。

我伸出两个手掌，在湿湿的沙地上又拍了一下。

人头又弹了起来，离我更近了。

再拍一下，它又弹了起来。

丛林骷髅头离我只有几英寸远了。

我抓住了它，紧紧地抓住了它。

我兴奋地喊出了咒语："卡——利——亚! 卡——利——亚!"

一开始，什么动静也没有。

我的呼吸一下哽住了。

我呆住了。

"卡——利——亚！卡——利——亚！"

我希望自己飞起来。

我希望自己被托出流沙坑。

我希望自己魔幻般地飘到坚硬的地面上。

"丛林魔力——快出现吧！快出现吧！"我大声喊。

可我还是一点儿也没有动。我又往下陷了一点。流沙已经没到了我的胸口。

我看着手里的丛林骷髅头，它的黑眼睛似乎在回望着我。

"救救我！"我喊，"你为什么不救我？"

这时候，我看到了藤蔓。

黄绿色的藤蔓爬到了流沙坑边上，仿佛长蛇在蠕动。

十几条藤蔓在扭动、在爬行，从四面八方向我滑了过来。

藤蔓离我越来越近，我的心开始狂跳。再近一点。

我伸出闲着的那只手，想抓住其中的一根。

然而，藤蔓却从我的手上一扫而过，以惊人的力量向前爬去。它缠住我的胸口，开始收紧。

"不！"我又发出一声大叫。它这是要勒死我吗？

另一条藤蔓扎进了沙里。我感到它在我腰间缠绕起来。

"不——停下！"我哀求。

藤蔓紧紧缠住了我——开始把我向外扯。

我开始动了。身下潮湿的沙子发出刷刷的响声。

我把丛林骷髅头举在空中，让藤蔓把我向外拉。它们很有力，速度也很快。沙子顺着我的身子往下滑落。

几秒钟后，我两个膝盖着了地。

藤蔓终于把我拽到了硬地上。我开心地叫喊起来。藤蔓立刻把我松开了。我看到它们往回缩，飞快地向丛林中退去。

我就这样弯腰趴在那儿，大口大口地喘着气，一直看到藤蔓消失在我的视线中。然后，我站了起来。

我的两腿有些发软，仍然在发抖。我全身都在战栗，刚才真的就差那么一点点。

可是，我顾不上这些了。

我真想高高地蹦起来，真想拍手大叫。丛林魔力起作用了。

丛林魔力又一次救了我的命！

我的裤子上、衣服上、胳膊上甚至头发上都沾满了湿湿的沙子！我拼命摇晃自己。我把丛林骷髅头塞进衣服口袋，然后拍拍自己的衣服，把一团一团的沙子拍落到地上。

现在该怎么办？我问自己，并飞快地扫视了一下四周。

太阳已经升起。树木、灌木和野草闪着光，放射出耀眼的绿色和金色光芒。空气已经变得很热。我的衣服湿漉漉地贴在背上。

现在怎么办？

我怎么才能找到本娜姨妈？

我从口袋里掏出丛林骷髅头，把它举到面前。

"给我指路。"我命令它。

没有动静。

我拍掉它外表上的一团沙子，又从它薄薄的黑嘴唇之间弄出来一些。

我转身向着太阳的方向，走了几步。

我现在还是在向东走吗？

让我吃惊的是，丛林骷髅头的黑眼睛忽然开始发光了。

这说明什么呢？是不是说，我离本娜姨妈更近了呢？是不是说，这就是我应该走的方向呢？

我决定试一试。

我一转身，冲着沙坑方向，往回走去。

黑眼睛立刻暗淡下去。

我又转身，向北方走了几步。

眼睛还是没有光彩。

我又一转身，向着太阳的方向。

对了！眼睛又开始发光了。

"卡——利——亚!"我开心地叫道。

丛林骷髅头在指引我，它会带我找到本娜姨妈。

我穿过树林和草丛，动物在四周嗥叫，昆虫在身边鸣唱。此刻，这些声音对我来说仿佛都是美妙的音乐。

"本娜姨妈，我来了!"我欢呼。

我发现自己正向丛林深处走去。我不得不经常低头，躲过低矮的树枝，还有树与树之间伸出的浓密的藤蔓。

我听到头顶上有奇怪的鸟叫，就好像它们在互相攀谈。

我弯腰穿过一根低处的树枝，整棵树好像都在摇晃。上千只黑鸟从树枝上腾空而起，生气地呱呱直叫。它们向空中飞去，多得遮天蔽日。

我忽然来到一片小小的空地上。路在这里分成了两条，一条向左，一条向右。

我该走哪一边呢?

我把丛林骷髅头举到面前，仔细看了看。

我开始向左边走去。

黑眼睛暗淡了下来。这条路不对。

我又转到右边，眼睛重新开始发光。

难道本娜姨妈就藏在这些树后? 我是不是离她已经很

近了？

突然，树又没有了。我发现自己来到一片长满了青草的空地上。我抬头望望明晃晃的阳光，在草地上搜索着。

一阵低低的咆哮，吓得我转过身躲到了树后。

"啊！"我吓得尖叫一声。

我看见的是一只老虎。我的腿一软，差点儿跌坐在地上。

老虎仰起头，又发出一声咆哮，愤怒的咆哮。

它张开嘴，露出巨大无比的尖牙。它弓起腰，棕黄色的毛一根根竖起。

它大叫一声，向我扑了过来。

20 大地开裂

老虎的大爪子拍打在青草上。它黄色的眼睛与我对视着。我看到，它身后有两只小老虎，正趴在树荫下的草丛里。

"我不会伤害小老虎的！"我想喊。

可是，已经没有时间喊了。

老虎已经冲了过来，冲我怒吼。

它的咆哮声压过了我的声音。

我伸出颤抖的双手，把丛林骷髅头举到面前。

"卡——利——亚！"

我的声音就像是在哭号。

我差点儿把丛林骷髅头掉在地上。

我的膝盖一软，跪倒在草地上。

老虎渐渐向我逼近……准备置我于死地。

它向我冲过来，尘土在它重重的爪子下飞扬。

大地似乎都在摇晃。

大地真的是在摇晃！

让我惊恐的是，我听到一阵震耳欲聋的撕裂声，就像是衣服上的粘扣一下子被扯开了，只是比那还要响上一千倍。

大地在震撼，我大叫一声。

摇晃。

大地一下裂开了。

草地分成了两半，泥土也分成了两半。

大地忽然张开了一个口子。

我开始坠落，坠落。

我尖叫着，一路下坠。

21 深 坑

“啊!”

我的胳膊肘和膝盖重重地落在地上,一阵剧痛顿时涌上全身。我真的看见了好多星星!无数的星星,有红的,还有黄的。

我一边使劲眨着眼睛,想让星星消失,一边跪了起来。

丛林骷髅头从我的手上飞了出去。不过,我发现它就在几英尺外的泥土里。

我连忙冲上去,用我还在发抖的手把它抓起来,紧紧握住。

我感觉天旋地转。

我闭上眼睛,直到眩晕的感觉慢慢消失。

睁开眼的时候,我发现自己掉进了一个深深的坑里。四壁全是土。蓝天在我头顶上变成了一个小小的方块。

丛林魔力又一次救了我。

刚才是魔力让大地裂开，让我落到了安全的地方。这样我就能逃脱虎口。

我听到头顶上传来一声咆哮。

我吓得大叫一声，抬头向坑顶上望去。

我看到两只黄色的眼睛，正向下望着我。

老虎长啸一声，露出尖利的牙齿。

我明白了，我并没有逃离险境。

我被困在这个地方了。要是老虎跳进来，顷刻间，我就会命丧虎口。

我已无路可跑，无路可逃。

我后退几步，贴到了坑壁上。

我仰头望着还在咆哮的老虎。它的目光中写满了饥饿。它又叫了一声，准备跳下来，向我发起攻击。

"卡——利——亚！"我大喊，"卡——利——亚！"

老虎也咆哮着，仿佛是在回应。

我把后背紧紧贴在坑壁上，希望自己抖得不那么厉害。

不要下来！我在心中暗暗祈求。千万不要跳到下面来！

黄眼睛在阳光下闪闪发光。老虎咆哮着，银白色的胡须在跟着抽动。

这时候，我看到一只黄黑色的，小猫一样的脸出现在坑口。那是老虎的幼崽，它正在草丛边向下看我。

另外一只小老虎也跳到了它身边，探出身子往里瞧。它们探得那么往前，差一点儿就掉了进来！

老虎的动作很快。

它低下头，把一只小老虎从坑边推开了。然后，它叼起另外一只小老虎，把它也带走了。

我使劲咽着口水。

我一动也没有动。

我的后背还紧紧贴在冰冷的坑壁上。我抬头望去，望着蓝天，等待着老虎回来。

等待。

还是等待。我屏住呼吸。

一切都安静了。安静得我能听见风刮过野草的沙沙声。

一团泥土从壁上掉下来，落在坑底，摔得粉碎。

我依然望着坑边，仔细听着，看老虎有没有回来。

时间仿佛过了好几个钟头。我这才长长地松了一口气。

我离开坑壁，伸展了一下身体。

老虎不会再回来了，我心想。

它只是想保护幼崽。现在，它把它们带走了，带到了很远的地方。

我又伸展了一下胳膊。我的心虽然还在怦怦狂跳，但我已渐渐恢复了平静。

怎么才能从这儿出去呢？我望着陡峭的坑壁。

我能爬得出去吗？

我把丛林骷髅头塞回衣服口袋。

我抓住坑壁软软的泥土，想要往上爬。

刚爬上一两英尺，我脚下的泥土一下垮了下去，我也跟着滑到了坑底。

不，不行。我知道，这样是爬不出去的。

我伸手去拿丛林骷髅头。我得用丛林魔力才行。

是丛林魔力让我到了这里，现在，我也能用它帮我出去。

我把丛林骷髅头举到面前。可是，还没等我喊出咒语，坑口便被黑暗笼罩了。

难道太阳已经下山了？我心想。

我抬头向上望去。

不，天并没有黑。我可以看见，蓝蓝的天空依然明亮。

不知是什么在坑口，挡住了阳光。

是老虎吗？

还是一个人？

我使劲看着，想看清楚。

"谁……谁在那儿？"我喊。

22 发光的眼睛

一张面孔从坑口探过来，向下张望。

我望向明亮的阳光。我看到金色的直发和一双淡蓝色的眼睛。

"凯琳!"我喊道。

她把手拢在嘴边："麦克——你在那下面干什么?"

"你在这儿干什么?"我冲她喊。

她的头发从面颊边垂下来，她向后捋了捋："我……我跟着你来了。我太担心你了!"

"快帮我从这儿出去!"我喊。

我又想往上爬，可泥土跟着往下滑。

"怎么才能把你弄出来?"她向下喊。

"我想你没带梯子来吧?"

"嗯——没有，麦克。"凯琳脱口而出。

我猜，她缺少一点儿幽默感。

"也许我能扔条绳子下来。"她建议。

"在丛林深处，绳子可不是那么容易找的。"我提醒她。

她摇了摇头，沮丧地皱起了眉头。

"用藤蔓怎么样?"我喊，"看看能不能找条长点儿的藤，我能顺着藤往上爬。"

她的眼睛突然一亮，随即她就不见了。

我焦躁不安地在下面等着。

"快点儿。"我大声叫，眼睛一直望着方方的坑口，"请你快点儿呀。"

我听到上面传来鸟儿的惊叫，扇动翅膀的声音，然后又是一阵呱呱声。

那些鸟儿是被吓着了吗? 我心想。

如果是，那是什么吓着了它们? 难道老虎又回来了吗?

我靠在坑壁上，望着天空。

凯琳终于出现了："我找到了一条，可我不知道它够不够长。"

"把它放下来，"我告诉她，"快点儿，我得从这儿出去。在这里头，我感觉就像是一头被困住的野兽。"

"我好不容易才把它从地上拔出来。"她抱怨。

她把藤条放了下来。藤条就像是一条长蛇，沿坑壁爬了下来。

它在离我头顶几英尺的地方停下了。

"我可以跳起来抓住它，"我告诉凯琳，"然后你一边扯，我一边往上爬。把另一头绕在你腰上，好吗？别松手！"

"别把我也跟你一块儿扯下去。"她喊。

我等她把藤蔓缠在腰上，然后一弯腿，向上跃起。

就差了那么几英寸。

我要是高高瘦瘦，而不是这样又矮又胖该多好啊。

我接连跳了两次，都失败了。第三次，我用尽全力，终于抓住了藤蔓。我用双手紧紧抓住了它。

接着，我用鞋底蹬在坑壁上，开始把自己向上扯，就像是个登山运动员。

泥土不停地往下坠落。我的手心开始出汗，藤条在我手中变得越来越滑。可是，有凯琳在上面为我鼓劲，我终于爬上了坑口。

我在草地上躺了好一阵，呼吸着空气中甜甜的清香。

从深坑里出来，感觉是那么好。

"你是怎么掉下去的？"凯琳问我，把藤蔓扔在一旁。

"那很容易。"我回答。

我站起身来，拍拍衣服上的泥土。

"难道你没看到那么大的坑吗?"她追问我。

"也不完全是这样。"我告诉她,想换一个话题,"你是怎么找到我的?你来这里干什么,凯琳?"

她的蓝眼睛盯住我不放:"我很担心你。我想,不能让你一个人到丛林里来。所以,我就溜了出来。趁爸爸在实验室里工作的时候,我就从营地总部溜出来,然后一直跟着你。"

我拍掉头发上的一块泥土。

"嗯,我很高兴,"我向她承认,"可这样一来,在你爸爸和卡罗琳那儿,你不就有大麻烦了吗?"

她咬着下嘴唇:"也许吧,不过值得冒这个险,要是能找到你姨妈的话。"

本娜姨妈!

刚才奋力逃脱流沙和虎口,我差点儿都把她给忘了。

一片阴影向我们移动过来。空气突然凉了下来。

我抬头望向天空,太阳在树后渐渐落下。

"天快黑了,"我静静地说,"在天黑之前,希望我们能找到本娜姨妈。"

我已经在丛林里度过了一个晚上,我可不希望再来一次了。

"你知道该走哪条路吗?"凯琳问我,"你这样到处乱走,是希望能碰巧找到?"

"才不是呢。"我回答,从我的口袋里掏出丛林骷髅头,"这个小家伙会告诉我往哪条路走。"

"什么?"凯琳显得很惊讶。

"走对了方向,它的眼睛就会发光。"我告诉她,"至少,我觉得这就是它发光的原因。"

凯琳猛吸了一口气:"你是说,你真的有丛林魔力?"

我点点头:"是的,我有魔力。它太奇异了。我总要念一句咒语'卡——利——亚',一个不知道从那儿冒出来的咒语。原来,我还以为是我小时候瞎编出来的。可是,就是这句咒语让丛林魔力发挥了作用。"

"哇!"凯琳惊呼,笑意浮现在她脸上,"这太棒了,麦克!也就是说,我们真能找到本娜。这太好了!"

太阳落得更低了,地上投下的阴影越来越大。一阵冷风吹过,我不由得打了个冷战。

我的肚子叽里咕噜直叫。我已经记不得上次吃饭是什么时候了。我尽量不让自己去想吃的东西。我得继续向前走。

"我们走吧。"我轻声说。

我把丛林骷髅头举到面前,然后慢慢转身,一个方向接着一个方向,直到人头的眼睛开始发光。

"这边!"我叫了一声,向连接树林的一块空地指去。

我们并肩向前走去。高高的野草在我们腿上蹭来蹭

去，发出沙沙的声响。昆虫在树丛间鸣唱。

凯琳惊异地望着人头发光的眼睛："你觉得它真会带我们找到本娜吗？"

"很快就会知道了。"我一本正经地说。

我们踏进了阴暗而茂密的树林。

102

23 丛林小屋

　　随着阳光渐渐暗淡下去，丛林里的声音也在变化。

　　树上的鸟儿停止了唧唧喳喳。昆虫的鸣叫越来越响了。我们听到，远处有动物奇怪的叫声。那声音在树林中回荡着。

　　我只希望，那些叫声离我们远点儿。

　　在高高低低的野草间，在宽大的蕨类植物和灌木丛间，一些夜行动物爬了出来。每当它们穿行其间，灌木丛就会颤动起来。

　　我听到蛇咝咝的警告声、猫头鹰呜呜的叫声、蝙蝠扇动翅膀的声音。

　　一边走着，我一边向凯琳身边靠了靠。这些声音比《丛林之王》游戏里的可真实多了。

　　等一切结束之后，或许我再也不会去玩那个游戏了，

我心想。它太没劲了。

我们穿过一片高高的芦苇丛。丛林骷髅头的眼睛暗淡了下来。

"走错路了！"我轻声说。

我和凯琳转动方向，直到眼睛重新放光。

我们继续向前，在草地上踏出一条路来。我们踩上厚厚的藤蔓，越过茂密的野草、低矮的灌木。

"哎呀！"凯琳在额头上一拍，"找死的蚊子！"

蚊子嗡嗡的声音越来越响，压过了我们踩在丛林地面上的树叶和藤蔓发出的嘎吱声。

夜色更深了。丛林骷髅头的眼睛也似乎更亮了，就像是两只手电筒，带我们穿越丛林。

"我有点儿累了，"凯琳哼哼了一句，低头躲过一根树枝，"希望你姨妈就在附近。我不知道自己还能走多远。"

"我也希望如此。"我喃喃道。

我自己也感到快要筋疲力尽了。

走在路上，我忍不住又想到本娜姨妈，还有她的笔记本。我不想让凯琳难过，可我必须要说点儿什么。

"我姨妈在笔记里写的内容，关于你爸爸和卡罗琳的，都不大好，"我低头看着脚说，"让我很吃惊。"

凯琳沉默了好长一段时间。

"这太可怕了，"她终于说，"他们在一起工作了那么长时间。我知道，他们有过一次争吵。"

"争吵什么？"我问。

凯琳叹了一口气："爸爸有一些计划，准备开发丛林，他认为这里有珍贵的矿藏。本娜却认为，丛林应该得到保护。"

她又叹了口气："我想，这就是他们争吵的内容。不过，我不能完全确定。"

"笔记上写的，你爸爸好像有些坏。"我喃喃道，不去看她的眼睛。

"坏？我爸爸？"她叫起来，"不，不可能。他是个很有主张的人，就这样。他可不坏。还有，我知道爸爸仍然在为本娜担心。他依然尊敬她、关心她。他真的很担心。他——"

"哇！"我抓住凯琳的胳膊，打断了她的话。

"你看！"我指了指树丛中。

前面是一块空地。灰色的天空下，我发现了一个小木屋黑色的轮廓。

凯琳吃了一惊："那座小房子，你觉得……"

我们蹑手蹑脚地走到了空地边。

什么东西飞快地从我脚上跑过去，不过我没去理会。

我的目光锁定在小小的黑色木屋上。

我们向它靠近了一些。我看到，它是用树枝搭起来的。一片片厚厚的树叶，做成了屋顶。屋子没有窗户。可是，在树枝间有一些窄窄的缝隙。

"嘿——"我轻声喊道。

我看到其中一个缝里透出苍白的光。

是手电吗？还是蜡烛？

"有人在里面。"凯琳望着小屋轻声说。

我听到一声咳嗽。

一个女人的咳嗽！是本娜姨妈在咳嗽吗？

我不清楚。

"只有一个办法才能搞清楚。"她对我说。

在我手中，丛林骷髅头发出明亮的光。我和凯琳继续向前，古怪的黄绿色光线映在地面上。

越来越近了。

"本娜姨妈？"我小声喊。

我清了清嗓子，心怦怦直跳："本娜姨妈，是你吗？"

24 本娜姨妈的哀伤

小屋的门开着。

我又叫了一声，继续向它靠近。

我听到里面传来砰的一声。一束光闪过。

我听到一声惊呼。

一盏灯笼出现在门口。我的目光立刻被昏黄的灯光吸引过去。

顺着灯往上看，拿着灯笼的是一个女人。

她个子很矮——非常矮。只比我高一英尺，还有点儿胖。她一头黑色的直发，扎在脑后。在灯光下，我看到她身穿卡叽布休闲裤和探险外套。

"谁呀？"她把灯笼举到面前。

"本娜姨妈？"我向前走了一步，"是你吗？"

"麦克？我真不敢相信！"她惊呼起来。

　　她向我跑过来，灯笼在身边一摇一摆。灯光在高高的野草上摇晃，影子也跟着跳起了舞。

　　她把我抱住了。

　　"麦克，你是怎么找到我的？你怎么会到这里来？"她的声音尖尖的，像小鸟在歌唱。她语速很快，中间都不用换气。

　　她放开我，仔细打量着我。

　　"真不敢相信，我还能把你认出来。你四岁以后，我就再也没见过你。"

　　"本娜姨妈，你在这儿干什么？"我上气不接下气地问，"大家都好担心。"

　　"你是怎么跑到巴拉达拉岛来的？"她一手拿着灯笼，另一手抓住我的肩膀问，"你到丛林里来干什么？你怎么会到这儿？"

　　"我……我用了丛林魔力。"我不知道该怎么说。

　　她睁大了眼睛。是惊奇，还是害怕？

　　我突然发现，她并没有看我。

　　"你好。你是谁？"本娜姨妈冷静地问，把灯笼探向树林的方向。

　　凯琳从空地边走了出来。

　　我刚才过于激动，都把她忘到了脑后。

　　"这是凯琳，"我告诉姨妈，"你认识凯琳吗？霍林斯博士的女儿?"

本娜姨妈吃了一惊。她捏紧了我的肩膀："你为什么要把她带到这里来?难道你不知道——"

"没事的,"凯琳连忙说,"我非常担心你,所以就跟麦克来了。"

"她帮助了我,"我告诉本娜姨妈,"凯琳帮我从他们那儿逃出来,从霍林斯和卡罗琳那儿。她还帮我穿越丛林。"

"可是……可是……"本娜姨妈显得很着急,"你告诉她关于丛林魔力的事了?"

"我只是来帮忙!"凯琳在为自己辩护,"我爸爸一直在担心你。他——"

"你爸爸想杀了我!"本娜姨妈愤怒地说,"这就是为什么我要逃走。这就是为什么我抛弃一切,躲进了丛林。"

她斜着眼睛,对凯琳怒目而视,在黄色的灯光下露出痛苦的神色。

"凯琳没事的,"我安慰她,"她只是想帮助我们,本娜姨妈。真的。"

姨妈扭头看着我："是卡罗琳和霍林斯带你到这里来的?"

我点了点头："是的,卡罗琳带给我这个,还让我到这儿来找你。"

我从口袋里掏出丛林骷髅头。

这时候，它已经不再发光了。

"他们告诉我说，我拥有丛林魔力，"我接着说，"我开始不明白他们的话是什么意思，我还觉得他们疯了。后来，我到丛林里来找你，才发现我真的拥有魔力。"

本娜姨妈点点头："没错，你是有丛林魔力，麦克。上次去看你们的时候，我把它传给了你，就在你四岁的时候。我给你催眠，然后把丛林魔力从我这里传给了你。我这样做，是为了保证它的安全。"

"是的，我读过你的笔记了，"我告诉她，"我明白你为什么要把丛林魔力传给我。可是，笔记上并没说丛林魔力是什么。我只知道——"

"这是种很强大的力量，"姨妈压低了声音说，"很强大，能让你随心所欲，实现你的一切愿望。"

她眼中充满了哀伤。

"可是，我们现在不能谈论这个。"她低声说，"我们在这里很危险，麦克。真正的危险。"

我刚要说什么，却听到树林里传来沙沙声，还有噼噼啪啪的动静。

是脚步声吗？

我们三个一齐回头，望向声音传来的方向。

让我吃惊的是，凯琳穿过草地，向树林跑去。

她把手拢在嘴边。

"在这儿呢，爸爸!"她喊道，"在这里! 我找到本娜了，爸爸! 快点儿!"

25 神秘咒语

我惊呆了。

可是，我们来不及跑了。

树后闪出一束亮光。

紧随亮光出现的是霍林斯博士。他穿过高高的野草向我们跑来。

他手里拿着一只手电筒。灯光先照在我脸上，然后又转到本娜姨妈身上。

霍林斯博士带枪了吗？还是有什么别的武器？我看不清。

而且，我也不想知道。

我抓住本娜姨妈的胳膊，拽了拽。

我想要逃走，逃进丛林。

可是，姨妈却没动。她好像惊呆了，又好像吓坏了。

凯琳的爸爸向我们跑来，喘着粗气。虽然光线很暗，我仍然看见他脸上开心的笑容。

"干得不错，凯琳！"他拍了拍凯琳的肩膀，"我知道，要是你帮助麦克逃走，他就会带我们找到他的姨妈。"

我手里还抓着本娜姨妈的胳膊，两眼瞪着凯琳，目光中充满了愤怒。

她骗了我。她一直在假装是我的朋友。

然而从一开始，她就是在帮助她爸爸。

凯琳看了我一阵，然后低下头，望着地面。

"你为什么要骗我？"我责问她，"你为什么要这么干，凯琳？"

她抬眼望着我。

"我爸爸需要丛林魔力。"她轻声说。

"可你竟然对我撒谎！"我叫道。

"我没有别的办法。"凯琳说，"要是你爸爸需要你的帮助，你会怎么办？"

"你做得对，凯琳。"霍林斯博士告诉她。

他举起手电，照着本娜姨妈的脸。她伸手挡住自己的眼睛。

"你觉得自己真能永远躲藏下去吗，本娜？"他轻声问。

"对……对不起，"我告诉姨妈，"这都是我的错。

我——"

"不，"本娜姨妈一只手搭在我肩膀上，"这不是你的错，麦克。这是我的错。你对这件事一无所知。现在，我却把你牵连进这么多的麻烦之中。"

霍林斯博士偷偷笑了。

"这么多的麻烦。这的确是事实。"他走到本娜姨妈跟前，"我要知道丛林魔力的秘密。快把秘密告诉我，本娜。告诉我，怎样才能启动丛林魔力。我会让你和你侄子完整地离开这座岛屿。"

完整地?

我不喜欢他这个说法。

霍林斯博士盯着姨妈，我偷偷从口袋里掏出了丛林骷髅头。

我决定要使用丛林魔力。

我要用丛林魔力帮助我们摆脱困境。

我慢慢把人头举到面前。我张开嘴，正要念出秘密咒语。

可是，看到本娜姨妈的目光，我停下了。

她在冲我使眼色，让我别这么干。

"怎么了?"霍林斯博士怒气冲冲地转向我，"你在干什么?"

"别告诉他，麦克，"本娜姨妈恳求我，"别让他们知道神秘咒语。"

我放下了丛林骷髅头。

"我不会的。"我轻声说道。

"没关系，爸爸，"凯琳望着我说，"我知道咒语是什么。麦克都告诉我了。我来告诉你它是什么。它就是——"

26 囚犯

我用手捂住了凯琳的嘴。

"快跑!"我对本娜姨妈喊,"快跑——马上!"

本娜姨妈发出一声愤怒的吼叫,低下肩膀,向霍林斯博士撞去。

她就像一名橄榄球运动员,怒吼着向他冲去。

霍林斯博士被撞得四脚朝天,摔倒在小木屋边上。

他惊叫一声。手电筒脱手飞了出去,在地上滚了好几圈。

我松开凯琳,跟上姨妈。

我们穿过高高的草地,向树林奔去。

我们眼看就要跑到空地边上了,卡罗琳突然冒出来,挡在了我们面前。

"这么着急干什么?"她问,挡住了我们的去路,"晚会才刚刚开始。"

我和本娜姨妈转过身，看到霍林斯博士正向我们扑来。

我们被困住了。

卡罗琳举起手电，她银灰色的眼睛望着本娜姨妈。

卡罗琳脸上露出了微笑，冷冷的、阴森的微笑。

"你好吗，本娜？我们都想你了。"

"废话说得够多的了，"霍林斯博士咕哝道，用他的手电指了指，"天太黑了，营地总部是回不去了。我们今晚要在这里过夜。"

"真是太好了。"卡罗琳回答，依然在对本娜姨妈冷笑。

本娜姨妈怒视了她一眼，把目光挪开了。

"卡罗琳，我还以为你是我的朋友。"

"在这里的都是好朋友，"霍林斯博士说，"好朋友就应该愿意分享。这就是为什么，你要与我们分享丛林魔力的秘密，本娜。"

"决不！"姨妈大声说，把胳膊叉在了胸前。

"决不？这可不是对待朋友的态度，"霍林斯博士厉声说，"明天一早，我们就回总部去。然后，你会把知道的一切都告诉我们，本娜。你会与我们分享所有的秘密。你会把丛林魔力传给我和卡罗琳。"

"就像是好朋友那样。"卡罗琳接着他的话说。

"我们走吧。"霍林斯博士说。

他把手重重地放在我的背上，把我向小木屋推去。

凯琳坐在地上。她把衣领竖起来，背靠在墙上。

"你和本娜，到小木屋里面去，"霍林斯博士命令我们，又把我狠狠一推，"这样，我们就能看住你们俩了。"

"你这是在浪费时间，理查德。"本娜姨妈对他说。

她努力想让自己显得强硬一点，可她的声音却在颤抖。

霍林斯博士把我们关进了黑黑的小屋。我和本娜姨妈躺在地板上。

从墙上的缝隙，我能看到他们手电筒的光亮。

"他们整个夜晚都会看着我们吗?"我低声说。

本娜姨妈点点头。

"我们成了他们的囚犯。"她叹了一口气，低声说，"可是，我们绝不能让他们得到丛林魔力。绝对不能!"

我向本娜姨妈靠近了一点。

"如果我们不给，"我轻声说，"他们会把我们怎么样?"

本娜姨妈没有回答。

"他们会把我们怎么样?"我又问了一遍。

她低头看着地板，还是没有回答。

27 霍林斯博士的威胁

一轮红日在清晨的天空中升起。

霍林斯博士把头探进小木屋，叫我们起床。

我只睡着了几分钟。小木屋里没有地板，地面非常硬。

只要一闭上眼睛，我就梦见我口袋里的丛林骷髅头。我梦见自己把它抓在手里，它冲我眨眼，嘴唇也在动。

"你们完了！"它那沙哑而可怕的声音宣布，"你们完了。完了。完了！"

我和本娜姨妈走出小木屋，伸展着胳膊，打了个哈欠。

虽然太阳还没有升上树梢，空气已经让人感觉闷热潮湿了。

在地上躺了那么久，我浑身都在痛。我的衣服湿漉漉

的，散发出难闻的味道。我的肚子叽里咕噜直叫。我挠挠脖子，发现夜里被蚊子叮了好多个包。

这个清晨可不太妙。

接下来也不像会好起来。

我们在闷热的丛林不停地走了好几个钟头。卡罗琳和凯琳走在前面，霍林斯博士跟在我们身后，以确保我们没法找机会逃走。

没有人说一句话。

一路上只有动物的叫声，头顶上的鸟鸣，还有我们经过草地时发出的沙沙声。

一群群的小虫在路上飞舞，它们舞动着，像是小小的龙卷风。阳光从树间照射下来，令我的后脖子火辣辣的疼。

我们终于回到了那一排小屋。我热得浑身是汗，又饿又渴。

霍林斯博士把我和本娜姨妈推进一间空屋。

他重重地关上门，又把它从外面锁上了。

小屋里只有两把折叠椅，一张小床。床上没有床单，也没有毯子。我倒在光秃秃的床垫上，感到累极了。

"他们会把我们怎么样？"

本娜姨妈咬着嘴唇。

"别担心，"她轻声说，"我会想出办法的。"

她走过屋子中央，试了试窗户。窗户好像是被堵住了，或者是从外面封上了。

"也许我们能打碎玻璃。"我建议。

"不行，会被他们听见的。"本娜姨妈回答。

我揉了揉脖子，被蚊子咬过的地方痒极了。我伸出手背，抹了一把额头上的汗水。

门开了。凯琳走了进来。她手上拿着两小瓶水。她扔给我一瓶，另一瓶给了本娜姨妈。然后，她迅速转过身，把门关上，又小心地锁上了。

我把水拿到嘴边，一仰头，咕嘟咕嘟地一口气喝了下去。瓶底还剩了几滴，我把它们洒在头顶上。然后，我把瓶子往地上一扔。

"我们该怎么办？"我问本娜姨妈。

她坐在一把折叠椅上，脚跷在另一把上面。

她把一个手指放在嘴唇边："嘘——"

屋外，我听到有机器发出的嗒嗒声，还有金属撞击的叮当声，有水在水管中流淌。

我连忙走到窗边，向外望去。可是，声音是从另一边传来的。从这里，我什么都看不见。

"我们还算走运。"本娜姨妈喃喃道。

我盯着她问："你说什么？"

"还算走运，"她又说了一遍，"霍林斯博士没有把丛

121

林骷髅头拿走。晚上太黑，所以他没有发现。"

我从口袋里掏出丛林骷髅头。黑色的头发有些凌乱，我开始帮它梳理起来。

"快收起来，麦克。"本娜姨妈厉声对我说，"我可不希望让霍林斯博士发现它。他还不知道，这个人头就是丛林魔力所需要的。"

"就这个人头？"我把它塞回口袋，"只有这一个人头？"

本娜姨妈点点头："没错，这个人头加上咒语。我给你催眠的时候，给你念的那个咒语，在你四岁的时候。"

丛林骷髅头的头发落到了我的口袋外面。我小心翼翼地把它塞了回去。

屋外，我又听到一阵金属撞击发出的叮当声，还有水花四溅的声音。水声越来越响。

"我们现在的处境非常危险，"本娜姨妈低声说，"你必须运用丛林魔力来挽救我们，麦克。"

我突然感到害怕，可我低声说："没问题。"

"等我给你信号，"本娜姨妈告诉我，"当我眨三下眼睛的时候，你就把丛林骷髅头拿出来，念出咒语。注意看我，等我的信号，好吗？"

我还没来得及回答，门就开了。

霍林斯博士和卡罗琳走了进来。两人都阴沉着脸。

霍林斯博士拿了一把银色的大手枪。

"都出去。"他命令我们，把手枪冲我和本娜姨妈挥了挥。

卡罗琳带我们沿小屋向前走去。

走到营地总部后面，她转过身，让我们停下了。

凯琳站在墙边，头上带了顶大草帽，一直拉到了眼睛上。

太阳直射下来。我的后脖子上又痒又痛。

我挪到本娜姨妈身边，抬头望了一眼明亮的阳光。在我右边，我看到一大堆丛林骷髅头。

在那外表皮革似的紫色和棕色的丛林骷髅头上，黑眼睛似乎都在盯着我看。它们的嘴都扭曲着，露出愤怒与可怕的表情。

我扭过头，不去看那一堆恐怖的丛林骷髅头。

但是，我却看见了比那更可怕的东西。

总部屋子的后面，已经支起了一个巨大的黑锅。水一直漫到了锅边，热水都滚开了，正不停地冒着气泡。

大锅被放在一个电炉上面，就像是做饭用的炉子，它已被烧得发红。里面的开水热气腾腾。

我看看本娜姨妈。我在她的脸上也看到了恐惧。

"你们不能这样!"她冲霍林斯博士喊，"你这样会遭报应的!"

"我并不想伤害你们。"霍林斯博士平静地说，脸上没有一点表情。

接着，一丝笑容浮现在他脸上："我不想伤害你，本娜。我只想拥有丛林魔力。"

我死死盯住姨妈，等待她发出信号。只要她眨三次眼睛，我就马上开始行动。

"快把丛林魔力给我。"霍林斯博士厉声说。

卡罗琳走到他身后，手叉在腰间："快给我们吧，本娜。我们不想找麻烦，真的。"

"不！"姨妈脱口而出，"不！不！不！你们俩知道，我是永远不会把丛林魔力的秘密交出来的。我不会给你们，决不！"

卡罗琳叹了一口气："求你了，本娜，别把事情搞得太麻烦。"

姨妈怒视着她："决不。"

本娜姨妈眨了一下眼睛。

我咽了一下口水，等待她再眨两下眼睛。

没有。这不是信号。时机还没到。

霍林斯博士走上前来。

"来吧，本娜。我再给你最后一次机会。把秘密讲出来，马上！"

本娜姨妈摇了摇头。

　　"那么，我就没办法了，"霍林斯博士摇摇头说，"既然你们俩是世界上仅有的知道这个秘密的两个人，你们俩就太危险了。秘密只能随你们一起死去。"

　　"你……你们要把我们怎么样?"我脱口而出。

　　"我们要把你们的脑袋做成丛林骷髅头。"霍林斯博士回答。

28 姨妈眨三下眼睛

大锅里的水往外漫了出来，发出哧哧的声响。

我抬头看着蒸汽在锅上升腾，心中充满了恐惧。

他真的会把我们的脑袋做成丛林骷髅头吗？

难道最后，我也会变成皱皱巴巴，外表像皮革，只有门把手那么大的丛林骷髅头？

我努力让自己的腿不要发抖，一直注视着本娜姨妈。

我望着她，使劲盯着她看，看着她的眼睛，等待她眨三下眼睛。

赶快！我默默祈求。

赶快——赶在他们把我们扔进开水之前！

凯琳默默地看着这一切。她在想什么？我不知道。

我看不见她的表情。她的脸被草帽完全遮住了。

"本娜，这是你们最后的机会。"霍林斯博士说，"因为我喜欢你，而且我也喜欢你的外甥。可别让我伤害你的外甥，本娜。就算是为了他这么做，行吗？你快把秘密说出来吧，为了麦克。"

"这样不值得，本娜。"卡罗琳也在一旁说，"只要把丛林魔力的秘密告诉我们，这很简单。"

"我……我不能。"本娜姨妈有些结巴地说起来。

"那我们就真的没办法了。"霍林斯博士说，言语间似乎有些哀伤，"这个孩子先来。"

他向我迈了一步。

本娜姨妈眨眼了。一下，两下，三下。

她终于发出了信号！

我颤抖着双手，从口袋里掏出丛林骷髅头。

我把它举到面前，正要张嘴喊出咒语。

可是，霍林斯博士猛地把人头从我手中夺了过去。

他抓住人头，把它扔进了一堆丛林骷髅头中间。

然后，他向我扑过来，伸出双手来抓我。

我往下一闪，从他身下躲了过去。

我向那一堆丛林骷髅头冲去。

我双手在一堆人头里疯狂地寻找。拿起一个，扔到一边，又抓起另外一个，一个接着一个。

它们黏糊糊的、暖暖的，一个个像棒球那么硬。它们的头发在我手上拂来拂去，黑色的眼睛空洞地望着我。

它们是那么丑陋。我感到肚子里一阵翻滚，呼吸变得格外急促。

在我身后，我听见本娜姨妈与霍林斯博士扭打在一起。她拼命拖住他，不让他向我追过来。

我听到卡罗琳在叫喊，还有凯琳惊慌的叫声。

我一定得找到我的丛林骷髅头！

我得赶在霍林斯博士甩开本娜姨妈之前，赶在他抓住我之前找到它。

我抓起一个，把它扔下了。我又拿起一个，又扔下了。

怎么才能找到我的那个？

哪一个才是我的？

哪一个？究竟是哪一个？

29 收回丛林魔力

我抓起一个丛林骷髅头，蚂蚁从它脸上爬出来。

又拿起了一个。

它的绿眼睛注视着我。

又是一个。

它耳朵后面有一道长长的白色伤痕。

我正要把它扔回去。

可我停下了。

耳朵后面的白色伤痕？

对了！我的那个就有一道这样的白色伤痕！我妹妹杰西卡在家里弄的!

对了！这就是我的那个丛林骷髅头！

"谢谢你，杰西卡!"我用尽全身力气大喊一声。

霍林斯博上怒吼着，向我扑了过来。

他的胳膊紧紧抱住了我，把我拖下去。

"卡——利——亚！"我紧紧抓住丛林骷髅头——我的丛林骷髅头，大喊一声。

"卡——利——亚！"

它能救我和本娜姨妈吗？我不知道。

这一次，丛林魔力还会管用吗？

霍林斯博士把我抱得紧紧的，把我往大锅边上拖去。

"卡——利——亚！"我大叫。

他的手突然滑开了。

他的双手开始收缩。他的胳膊缩进了他的身子。

"啊？"我惊叫一声。

我发现他在收缩。霍林斯博士的全身都在收缩，变得越来越小！

我抬头看看凯琳和卡罗琳。她们也在收缩，已经缩到了地上。

凯琳消失在草帽底下。接着，她从另一头跑了出来。小小的凯琳，只有一只小老鼠那么大。

他们三个人——凯琳、卡罗琳和霍林斯博士，在草地上惊慌地乱窜，都只有老鼠那么大。他们的声音也像是老鼠在吱吱叫，叫声中充满了愤怒。

我站在一堆丛林骷髅头边，看他们在地上跑来跑去，尖叫着消失在丛林里了。

我回头看看本娜姨妈。

"它起作用了!"我喊道, "丛林魔力,它救了我们!"

她跑过来,给了我一个拥抱。

"麦克,你成功了! 你做到了! 丛林终于安全了! 整个世界终于安全了!"

我和本娜姨妈一起坐飞机回家。

一路上,她拥抱了我好多次。后来,自然也少不了妈妈和杰西卡的拥抱。

她们一起到机场来接我们。

妈妈开车回家,给我们准备了丰盛的欢迎晚餐。我有好多故事要跟她们讲。

我在车里就等不及讲开了。直到吃晚饭的时候,我还在一直讲个不停。

快到上床睡觉的时候,本娜姨妈把我带到书房。

她关上门,在沙发上坐下。

她坐在了我身边。

"看着我的眼睛,"她轻声说, "看我眼睛的深处,麦克。最深的深处。"

我抬起眼睛看着她。

"你要做什么?"我问。

我没有听到她的回答。

　　我一望着她的眼睛，房间就开始变得模糊起来。所有的色彩似乎都在变化，变得模糊。我好像看见书房里挂的画不停地翻来翻去。我似乎又看见椅子和咖啡桌在地板上滑动。

　　过了一阵子，房间又重新回来了。

　　本娜姨妈在对我微笑。

　　"好了，"她捏着我的手说，"麦克，你又恢复正常了。"

　　"什么？"我看了她一眼，"你在说什么？"

　　"你再也没有丛林魔力了，"她告诉我，"我把它收回来了，你现在又变成了一个普通正常的孩子。"

　　"你是说，我要是再叫'卡——利——亚'，什么都不会发生了？"我问。

　　"是这样，"她冲我笑笑，还抓着我的手，"我把魔力收回来了。丛林骷髅头不再有魔力，你也不再有魔力。你以后再也不用为它担心了。"

　　她站起身来，打了个哈欠："时间晚了，该上床睡觉了，你说呢？"

　　我点点头："是啊，我想是的。"

　　我还在想，我怎么就再也没有丛林魔力了呢。

　　"本娜姨妈？"

　　"什么？"

"我能把那个丛林骷髅头留下吗?"

"当然了,"她回答,把我拽了起来,"你就把它留下吧,作个纪念。这样,你今后就永远不会忘记你的丛林历险。"

"我可不会那么容易就忘了它。"我回答。

说完晚安,我向自己的卧室走去。

第二天清晨,我很早就醒了。

我以最快的速度穿上衣服。

我迫不及待地要去学校,要把我的丛林骷髅头向埃里克、乔尔和所有的同学们炫耀一下。

我狼吞虎咽地吃下麦片,咕嘟咕嘟地喝下橙汁。

我挎上书包,对妈妈说过再见就抓起丛林骷髅头,跑出了门外。

我小心地把丛林骷髅头拿在手上,沿人行道一路小跑。

这是一个阳光灿烂的日子,空气中弥漫着暖暖的、甜甜的味道。

学校离我家只有三个街区。可我一路跑过去,却仿佛有几英里长。

我要马上跑到学校,让大家看看我的丛林骷髅头。

我要马上跟大家讲述我的丛林冒险。

我已经看到了学校，就在下一个街区。我还看到，一群孩子正在学校门口。

正穿过街道时，我突然感到丛林骷髅头在手里动了一下。

它抽动了一下。

"嗯?"我吃了一惊，低头看去。

丛林骷髅头的眼睛眨了一下，正在望着我。

它的嘴唇合上了，然后又张开了。

"嘿，孩子，"丛林骷髅头低声说，"关于老虎的那部分故事，留给我来跟大家讲!"

134

草坪矮人怪

1　疯狂乒乓球赛

乒! 乒! 乒!

乒乓球在地下室的地板上弹开了。

看到明蒂追了上去，我大叫一声："耶!"

这是六月里一个又闷又热的日子，也是暑假开始以来的第一个星期一。

乔·巴顿又打出了一个好球。

我就是乔·巴顿。

我今年十二岁。我最喜欢的，就是把乒乓球抽得满天飞，而让明蒂去追着捡球。

我可并不是个输不起的人。

我只是喜欢让明蒂瞧瞧，她并不像她自己想象的那么了不起。

你可能猜到了，我和明蒂在很多方面都不一样。

事实上，我跟家里别的人都不大一样。

明蒂、妈妈和爸爸都是一头金发，又瘦又高。我却是一头棕发，而且矮矮胖胖。妈妈说，那是因为我还没开始蹿个儿呢。

所以，我只是个小精灵。我刚刚能看到乒乓球网的对面。

可是，就算用一只手，我也能把明蒂打个落花流水。

正如我爱赢球，明蒂也一样痛恨输球。

而且，她也并不是那么心服口服。每次我打得好的时候，她老说比分不算数。

"乔，你过网击球，这是犯规的。"她一面把球从沙发底下掏出来，一面抱怨说。

明蒂用她绿色的大眼睛白了我一眼。

"唉，拜托！"她嘟哝道，"该轮到我发球了。"

明蒂有点儿怪。在镇上所有的十四岁孩子当中，也许她算得上是最怪的一个。

为什么？还是让我来告诉你吧。

就拿她的房间来说吧：明蒂把她所有的书都按照字母顺序来摆放——作者名字的字母顺序。你能相信吗？

她还给每本书编写了一张卡片。她把卡片放在桌子最上面的抽屉里。这些就是她的私人目录卡片。

要是可能，她或许还会把有些书高出来的部分切掉，让它们全都变得一样整齐。

做任何事情，她都那么井井有条。

她衣橱里的衣服，是按照颜色来分类的。先是所有的红色摆放在一起，接着是橙色和黄色，最后是绿色、蓝色，还有紫色。她挂衣服的顺序，刚好就是彩虹的颜色！

还有，在吃饭的时候，她会按照顺时针方向的顺序来吃掉盘子里的东西。

真的！我观察过她。首先，她吃掉土豆泥，然后是豌豆，最后才是面包。要是在土豆泥里发现一粒豌豆，她就会抓狂。

怪吧？真的很怪。

你说我吗？

我一点儿也不像她那样爱整理。

我很酷。我不像姐姐那样一本正经。

我是个很有趣的人。我的朋友们都觉得我很风趣。每个人都这么认为，除了明蒂。

"快点儿，还不发球，"我冲她嚷嚷，"下个世纪都要来临了。"

明蒂站在球台的另一边，小心翼翼地准备发球。

每一次，她都站在同一个位置发球，而且她的两脚总分开同样的距离，连她的脚印都印在了地毯上。

"十比八，我发球。"明蒂终于喊了一嗓子。发球之前，她总会把比分喊出来。

接着，她向后抬起胳膊。

我把球拍举到嘴边，当成了麦克风。

"她抬起了胳膊，"我用解说员的口吻说，"观众安静了下来。令人紧张的时刻到了。"

"乔，别像个傻瓜似的，"她大声训我，"我得集中精力。"

我特别喜欢假扮体育解说员。这会让明蒂气得发疯。

明蒂又把胳膊向后挥去。

她把乒乓球向空中抛起，然后……

"蜘蛛！"我尖叫道，"就在你肩膀上！"

"呀——"明蒂把球拍一扔，拼命在肩膀上拍打起来。

乒乓球咚咚地落在了球台上。

"上当了！"我大喊起来，"我得一分。"

"不成！"明蒂气愤地嚷嚷，"你耍赖，乔。"

她小心地整理好T恤衫的肩膀，又捡起球，把它抛向空中。

"就算耍赖，我也是个有趣的人！"我回答。

我转了一个圈，迎着乒乓球用力一击。

球在我这边弹了一下，这才飞过球网。

"犯规，"明蒂宣布，"你老犯规。"

我冲她挥了挥球拍。

"别这么大惊小怪的好不好，"我说，"不就是场比赛吗？本来就应该找点儿乐子。"

"我要打败你，"明蒂回答，"那样就很有趣了。"

我耸了耸肩。

"谁在乎呢？赢了又不能说明什么问题。"

"你是从什么地方听说这句话的？"她问，"从肥皂剧里？"

她又白了我一眼。

我觉得，总有一天，她的眼睛会翻到脑袋后面去的！

我也白了她一眼——一直翻到眼睛里只看得见眼白。

"不错吧，啊？"

"很可爱，乔，"明蒂咕哝道，"真的太可爱了。你得当心，哪天你的眼睛翻不回来了，那样就更可爱了！"

"你这玩笑可真没劲，"我回答，"非常没劲。"

明蒂又小心翼翼地叉开双脚。

"她又站到了发球的位置，"我对着球拍说，"她很紧张。她……"

"乔！"明蒂抱怨，"去死吧！"

她把乒乓球抛到空中，她挥舞球拍，然后——

141

"真恶心！"我叫道，"你鼻子上挂着什么东西呢，绿绿的一大团？"

这一次，明蒂没理我。她把球打过了球网。

我冲上前去，挥起球拍狠狠一击。

球高高地飞过网，掉在地下室的角落里，刚好落在了洗衣机和烘干机之间。

明蒂迈开又细又长的两条腿，追了上去。

"嘿，巴斯特呢？"她大声喊着，"它不是在烘干机边儿上睡觉吗？"

巴斯特是我们家的狗。

它是一条黑色德国牧羊犬，脑袋大得像个篮球。它很喜欢跑到地下室的角落里，趴在那里的一条旧睡袋上打盹儿，特别是在我们打乒乓球的时候。

刚看到巴斯特的时候，谁都会有点儿怕，不过不会超过三秒钟。

它会伸出自己又长又湿的舌头去舔人，或者是在地上打滚儿，让别人挠它的肚皮。

"它在哪儿呢？"明蒂咬了咬嘴唇。

"应该就在这里的什么地方，"我回答，"你为什么总担心它呢？它有一百多磅重，能照顾好自己。"

明蒂皱起了眉头："要是被麦考先生抓住，那就是另外一回事了。还记得吗，上次巴斯特咬坏了他种的西红柿，他都说什么来着？"

麦考先生是我家隔壁的邻居。

巴斯特就喜欢他们家的院子。它最喜欢在他们家大榆树的阴凉下睡觉。

它也喜欢在他们的草地上刨出一个个小坑，有时候还有点儿大。

或者是在他们的菜园里小小地吃上一顿。

去年，巴斯特把麦考先生所有的生菜都挖了出来，还把他最大的一个西葫芦当做了甜点。

我想，这就是麦考先生会那么痛恨巴斯特的缘故。

他说了，下次要是再让他在园子里抓到巴斯特，他就要把它变成肥料。

我爸爸和麦考先生是镇上两个最好的园丁。他们俩对园艺简直是狂热，绝对的狂热。

我也觉得，在花园里干干活儿挺有意思。可是，我却不能让别人知道这一点。我的朋友们都觉得，园艺是傻瓜才做的事儿。

每年的园艺比赛上，爸爸和麦考先生都是竞争对手。麦考先生通常会拿冠军。可是在去年，爸爸和我赢得了冠军，因为我们种的西红柿太棒了。

这让麦考先生感到非常恼火。

当主持人宣布爸爸获胜的时候，麦考先生的脸变得跟我们家的西红柿一样红了。

所以今年，麦考先生不顾一切要赢得比赛。

从几个月以前，他就开始准备肥料和杀虫剂了。

他种下的东西，是北湾镇的居民都没有种过的。那是一种奇特的黄绿色条纹相间的甜瓜，叫做卡萨巴甜瓜。

爸爸说，麦考先生犯了一个大错。他说，卡萨巴甜瓜只能长到网球那么大，因为明尼苏达的生长季节太短了。"麦考家的花园又输了，"我宣布，"我们家的西红柿今年肯定会再次胜出。这要感谢我的特殊土壤，它们一个个长得跟沙滩排球那么大。"

"你的脑袋也那么大个儿。"明蒂对我说。

我伸出舌头，挤了个对眼儿。

这是个不错的回击。

"该谁发球了？"我问。

花了好长时间，明蒂才把球找出来。我都忘了轮到谁发球了。

"还是该我发球。"她回答，小心地站好姿势。

一阵脚步声把我们打断了。

明蒂身后的楼梯上，响起了沉重的脚步声。

"谁呀?"明蒂喊道。

紧接着,那人出现在她身后。

我的眼睛都快鼓出来了。

"噢,不!"我尖叫道, "是……麦考先生!"

2 傻大个儿"驼鹿"

"乔!"他在吼。

他跺着脚向明蒂走过来，地板都在震动。

明蒂吓得脸色发白。她把球拍抓得好紧，连手上的指节都露出了白色。

她想转身去看，却吓呆了。她的两脚站在乒乓球比赛留下的两个脚印里，一动也动不了。

麦考先生的双手攥成了两个巨大的拳头。

他看起来非常非常的生气。

"我是来找你们的。这次，我一定会赢。快给我球拍。"

"你这个混蛋！"明蒂气急败坏地说，"我……我就知道不是麦考先生，我知道是'驼鹿'。"

"驼鹿"是麦考先生的儿子，也是我最要好的朋友。

他的真名叫做麦克尔，可大家都叫他驼鹿。就连他爸爸妈妈也这么叫。

在六年级，驼鹿是个子最大的孩子，也是最强壮的一个。他的腿有树干那么粗，脖子也是。还有，他说话声音非常非常大，就像他爸爸。

明蒂就受不了驼鹿。她说，他是个大傻瓜。

可我倒觉得他很酷。

"哟，乔！"驼鹿粗声粗气地说，"我的球拍呢？"

他伸出手来抓我的球拍，胳膊上鼓起一大团肌肉。

我把手向回一缩。可是，他结实的手掌在我肩上重重拍了一下，我的脑袋差点儿转了一个圈。

"哎哟！"我叫起来。

驼鹿大笑起来，整个地下室的墙壁都在震动。最后，他打了一个嗝。

"驼鹿，你太恶心了。"明蒂说。

驼鹿挠了挠一头棕色的短发："哈，谢了，明蒂。"

"谢我什么？"她问。

"谢你这个。"他伸出手，一把夺过了她手里的球拍。

驼鹿把明蒂的球拍在空中抛得乱转，差一点儿砸中顶上的吊灯。

"准备好一场真正的较量了吗，乔？"

他把乒乓球抛到空中，结实的胳膊向后一挥。

嗖！乒乓球如火箭一般飞过屋子，在墙上弹了两下，然后越过球网，向我飞来。

"犯规！"明蒂喊，"不能这样。"

"酷毙了！"我欢呼。

我向球冲过去，却没有接着。

驼鹿的发球太厉害了。

驼鹿又打出一球。它飞过球网，重重地击中了我的胸膛。

咚！

"嘿！"我叫起来，揉了揉疼痛的胸口。

"不错吧，啊？"他笑了。

"是不错，不过你应该让球击中球台。"我告诉他。

驼鹿把拳头向空中一挥。

"超级驼鹿！"他喊，"像超人那样强壮！"

我的朋友驼鹿很疯狂，充满了野性。

明蒂说，他像一头十足的野兽。

我觉得，他只是热情高涨。

趁着他挥舞胳膊，我发球了。

"嘿！这不公平！"他说。

驼鹿冲到球台边，对乒乓球一阵猛拍。

乒乓球扁了，变成一个小小的白色薄饼。

我叹了一口气。

"这是本月的第十五个。"我宣布。

我抓起小薄饼，把它扔进地上一个蓝色塑料牛奶箱里。箱子里已经堆了好几十个扁扁的乒乓球。

"嘿！你好像打破你自己的纪录了！"我宣布。

"太好了！"驼鹿欢呼起来。

他跳上乒乓球台，开始蹦蹦跳跳。

"超级驼鹿！"他大叫。

"快停下，你这傻瓜！"明蒂尖叫道，"你会把球台弄坏的。"

她捂住了脸。

"超级驼鹿！超级驼鹿！"他还在喊。

乒乓球台摇摇晃晃，被他压得直往下坠。现在，就连我都开始担心了。

"驼鹿，快下来！快下来！"我大叫。

"谁让我下来？"他问。

"你会把它压坏的！"明蒂尖声说道，"下来！"

驼鹿跳下球台。

他向我扑过来，伸出两手，就像是我们在电视《来自零号星球的僵尸杀手》上看过的僵尸怪兽。

"现在，我要把你摧毁！"

他的身子向我撞过来。

他撞上了我，我跟跟跄跄地后退几步，跌倒在落满灰尘的水泥地面上。

驼鹿跳到我的肚子上，令我动弹不得。

"快说，'驼鹿的西红柿才是最好的'！"他命令我。

他骑在我的胸口上蹦了好几下。

"驼……驼鹿的，"我上气不接下气地说，"西……我喘……不……上气……真的……救命啊！"

"快说！"驼鹿仍然不肯放过我。

他把大手放在我脖子上，一使劲。

"呃——"我无法呼吸。

我几乎动弹不了。

我把脑袋往旁边一扭。

"驼鹿！"我听见明蒂大叫，"放开他！快放开他！你对他做了什么？"

3 爱闯祸的巴斯特

"明……明蒂……"我呻吟道。

驼鹿松开手，放开我的胸口站了起来。

"看你把他弄成什么样了，你这怪物。"明蒂尖声说道。

她跪倒在我身边，替我把头发从眼睛上拨弄开。

"你……你是……个……"我说不下去，虚弱地咳嗽起来。

"什么，乔？你说什么？"明蒂轻声问。

"你上当了!"我欢呼起来。

我爆发出一阵大笑。

明蒂把脑袋向后一仰。

"你这个骗子!"

"上当了! 上当了!"我欢呼。

151

"好样的，伙计！"驼鹿也咧开嘴笑了。

我爬起来，跟驼鹿击了一个掌。

"上当了！上当了！"我们不停地喊。

明蒂把细长的胳膊叉在胸前，对我怒目而视。

"一点也不好笑，"她呵斥我，"你以后说什么，我都不会再相信了！决不！"

"噢，我好——害怕呀！"我把膝盖碰到了一起，"看呀，我的膝盖在发抖。"

"我也是。"驼鹿也加入进来，晃动着身子。

"你们俩太幼稚了，"她说，"我走了。"

她把两手揣进白色短裤的口袋里，跺着脚走了。

可是，快到楼梯的时候，她的脚步却忽然停下了。

她停在地下室高高的窗户前。

从这扇窗户望出去，能够看到麦考先生的前院儿。

她抬起头，透过窗户上的白色窗帘望出去。她看了一眼，然后大叫起来："不！噢，不要啊！"

"想骗我。"我回应了一句。

我从地毯上往她的方向弹出一个泥球。

"那儿什么也没有，我才不会上你的当呢！"

"不！是巴斯特！"明蒂大叫，"它又跑到隔壁去了！"

"什么？"我冲到窗前，跳上一把椅子，把窗帘推到一边。

没错，巴斯特真的在那儿。

它正坐在麦考先生前院的菜园里。

"噢，天哪！它又到麦考家的菜园里去了。"我嘟囔道。

"我的花园！它可别这样！"驼鹿也跑了上来。

他一把将我推开，往外瞧去。

"要是被我爸爸抓到，他会把它变成肥料的！"

"赶紧！快点儿！"明蒂使劲拽我的胳膊，"我们得去把巴斯特弄出来，马上就去。赶在驼鹿的爸爸抓住它之前！"

我、驼鹿和明蒂爬上楼梯，冲出前门。

我们跑过我们家前院的草坪，向麦考家的房子奔去。

在我们家的草坪边，有一排我爸爸种下的黄白色牵牛花。它们隔开了我们家和麦考家的花园。

我们一跃而起，从牵牛花上跳了过去。

明蒂的指甲掐进了我的胳膊。

"巴斯特在刨土！"她喊，"它会把甜瓜毁了！"

巴斯特的前爪很有力，它正使劲刨着。它把泥土和绿色的植物挖了出来。

泥土和叶子被弄得到处都是。

"快停下，巴斯特！"明蒂哀求，"马上停下！"

巴斯特还在继续刨土。

驼鹿看了看他的塑料手表。

"你们最好赶快把它弄走，"他提醒我们，"马上就六点了。每天六点钟，我爸爸会准时到花园里来浇水。"

我得承认，我很怕麦考先生。

他的个头那么大。跟他比起来，驼鹿就像是个小虾米！

而且，他还那么凶。

"巴斯特，快过来！"我求它。

我和明蒂都在呼唤它。

可是，巴斯特却像没听见似的，爱答不理。

"别光站着。难道你们就不能把那只大笨狗拽出去？"驼鹿问我们。

我摇了摇头。

"不行！它太大了，而且又很固执。它是不会动的。"

我把手伸进T恤衫，寻找那个闪亮的狗哨。无论早晚，我总把它挂在脖子上。就连睡觉的时候，我也把它挂在睡衣里。

这是唯一能让巴斯特听话的东西。

"只差两分钟就到六点了，"驼鹿又看了看手表，提醒我们，"我爸爸随时都会出来！"

"快吹哨呀，乔！"明蒂大叫。

我把哨子拿到嘴边，用力吹了起来。

驼鹿笑了。

"那哨子坏了,"他说,"一点儿也不响。"

"这是个狗哨,"明蒂嘲笑他,"它发出的是很高的音频,只有狗能听见,我们人是听不见的。明白吗?"

她指了指巴斯特。

它已经从土里抬起鼻子,竖起了耳朵。

我又吹了一声。巴斯特抖了抖身上的泥土。

"三十秒倒计时。"驼鹿告诉我们。

我又一次吹响了无声的狗哨。

成功了!

巴斯特慢慢向我们跑来,摇晃着它短短的尾巴。

"快,巴斯特!"我催它,"快呀!"

我张开双臂。

"巴斯特——快跑,别这么慢吞吞的!"明蒂也说。

可是已经太晚了。

我们听到砰的一声。

驼鹿家的门开了。

麦考先生走了出来。

4 巴斯特逃过一劫

"乔！快到这儿来，马上！"驼鹿的爸爸对我大声嚷嚷。

他跑向自己的花园，蓝色T恤衫下，大肚子一晃一晃的。

"到这儿来，小孩——赶快！"

麦考先生是从部队退伍回来的。他习惯了这样大声发号施令，并要求人服从。

我服从了命令。

巴斯特已经跑到了我身边。

"那狗是不是又跑到我的菜园里来了？"麦考先生问，冷冷地看着我。

他冷冷的目光能让我全身的血液凝固。

"没有，先……先生！"我结结巴巴地回答。

巴斯特打了个大哈欠，在我身边坐下了。

通常，我不大喜欢说谎，除了对明蒂之外。

可是，巴斯特命悬一线。我必须得救它，不是吗？

麦考先生跑进自己的菜园。他围着自己的西红柿、玉米、西葫芦和卡萨巴甜瓜转了一圈，仔细查看着每一片枝叶。

唉，天哪，我心想，我们现在可麻烦大了。

终于，他抬起头来，眯缝起眼睛。

"要是这只笨狗没进来，那为什么这里的土都被刨起来了呢？"

"也许是风吹的吧？"我轻声回答。

无论如何，我得试试。也许他不会相信。

驼鹿一声不吭，站在我身边。只有他爸爸在附近的时候，他才会这么安静。

"嗯，麦考先生，"明蒂开口了，"我们保证，不会让巴斯特靠近您的园子。我们发誓！"

然后，她露出了最甜美的微笑。

麦考先生皱了皱眉。

"好吧。可我要是抓住它，就算只是闻闻我的甜瓜，我就打电话叫警察，把它拖走关起来。我这可是认真的。"

我咽了一下口水。

我知道，他是当真的。麦考先生从不开玩笑。

157

"驼鹿!"麦考先生忽然说，"把水管拿过来，给这些卡萨巴甜瓜浇浇水！我告诉过你，一天至少要给它们浇五次水。"

"待会儿见。"驼鹿嘟哝了一句。

他低下头，跑到屋后拿水管去了。

麦考先生脸色阴沉地看了我们一眼，然后迈着重重的步子，砰地把门关上了。

"也许是风吹的?"明蒂白了我一眼，"哎哟，你的反应可真快，乔!"她笑话我。

"哦，是吗？那我至少还说了点儿什么，"我回答，"记住了，是我的哨子救了巴斯特。而你却只会在那儿窃笑。"

我和明蒂向家里走去，一路上还在争论。

我们听到一阵低低的呻吟，都停下了脚步。

那声音很可怕。巴斯特竖起了耳朵。

"是谁?"我轻声问。

一秒钟过后，我们明白了。

爸爸手里提着一大桶水，走到了房子边。

他穿着自己最喜欢的园艺工装——一双留着两个大脚趾洞的运动鞋，宽松的格子短裤，还有那件红色T恤衫，上面写着"我是花园里的笨蛋"。

他在叹息。

这真是件怪事儿。

因为在园子里工作的时候，他的心情一向不错，一般都会吹着口哨，面带微笑，甚至还开点儿蹩脚的玩笑。

可今天却与平时大不一样。

难道今天出了什么问题？

"孩子们……孩子们，"他叹息道，摇摇摆摆地向我们走来，"我一直在找你们。"

"爸爸，怎么了？出了什么事？"明蒂问。

爸爸抱住脑袋，来回摇晃。

他深吸了一口气："我……我有件糟糕的事情要告诉你们。"

5 草坪装饰

"出什么事了，爸爸？"我大喊，"快告诉我们。"

爸爸的声音有些嘶哑，他低声说道："我在……在西红柿上发现了一只果蝇！我们最大的西红柿——红皇后上！"

我擦了一把额头上的汗。

"怎么会这样呢？我给它们洒水、喷药、修剪。光这星期就做了两次。"

爸爸伤心地摇了摇头。

"我可怜的西红柿啊！要是那只果蝇毁了我的红皇后，我就只能退出园艺比赛了！"

我和明蒂对视了一眼。

我知道，我们在想同一件事情。

——这里的大人们都变得古怪了。

"爸爸，不就是一只果蝇嘛！"我说。

"只要一只就够了，乔。只要一只果蝇，我们获胜的希望就全毁了。我们得做点儿什么，马上。"

"那瓶新的杀虫剂怎么样？"我提醒他，"上星期从'绿手指'商店的目录上买来的。"

爸爸的眼睛忽然一亮，他摸了一把乱糟糟的头发。

"'虫子死光光'！"他大叫起来。

他从车道向车库跑去。

"快来，孩子们！"他大声喊道，"让我们来试一试！"

爸爸又兴奋起来了。

我和明蒂跟他跑了过去。

车库后面，爸爸从一个纸箱里掏出了三个喷雾罐。

罐子上的标签上写着："用'虫子死光光'，对虫子说再见。"上面还有一幅画，画的是一只虫子，泪流满面，手里拖着一个行李箱，在挥手再见。

爸爸递给明蒂一罐、我一罐。

"让我们捉住那只果蝇！"他喊道。

我们向花园走去。

我们打开喷雾罐上的小帽。

"一，二，三……喷射！"爸爸发出了命令。

花园中间的木桩上，拴了二十多棵西红柿。我和爸爸给它们挨个儿喷了个遍。

到这时候，明蒂都还没开始呢。也许她还在忙着读罐子上写的杀虫剂成分呢。

"你们在大呼小叫地干什么？"妈妈从后门走出来，冲我们喊道。

妈妈身上，是她在家里常穿的服装之一：一条爸爸的旧格子短裤；蓝色旧T恤衫是几年前他出差回来带给妈妈的。T恤衫上印着的字是"我给你喷药！"——爸爸蹩脚的园艺玩笑之一。

"嗨，亲爱的，"爸爸说，"我们正在摧毁一只果蝇，要来看看吗？"

妈妈笑了，她绿色眼睛的眼角上，露出了些许皱纹。

"真挺诱人的，可我正在设计一张贺年卡，还得赶着做完。"

妈妈是美术设计师。在我们家的二楼，她有一间自己的办公室。用她的电脑，她能绘出最不可思议的画面：美丽的日落、高山，还有鲜花。

"大家听好了，七点半吃晚饭，好吗？"

"没问题！"妈妈消失在门口，爸爸对她喊道，"好啦，孩子们，我们赶紧喷完吧！"

我和爸爸把所有的西红柿又喷洒了一遍。

我们甚至还把邻近的南瓜藤喷了喷。

明蒂一直在看。她把喷嘴对准了红皇后，喷出一股杀虫剂。

一只小果蝇扇着翅膀，无力地落在地上。

明蒂满意地笑了。

"干得不错!"爸爸大声说。

他在我们俩的背上拍了拍。"我觉得应该庆祝一下，"他宣布，"我有个绝妙的主意——我们可以到'美丽草坪'去看看!"

"噢，不——"我和明蒂一齐呻吟起来。

"美丽草坪"是个商店，离我们家两个街区远。我家草坪上的装饰，各种各样的装饰，就是爸爸从那儿买来的。

爸爸对于草坪装饰的狂热，一点儿也不亚于他对园艺的狂热。在我们家前院，已经有了好多装饰，连修剪草坪都已经没办法做了!

瞧这儿多热闹!

我们有两只粉红色的塑料火烈鸟、长了一对大翅膀的水泥天使、银色平台上的金属球、两只天鹅接吻的喷泉、一只鼻子上顶球的海豹，还有一头裂了条缝的石膏鹿。

怪吧，啊?

可是，爸爸真的很喜欢它们。他觉得，它们是门艺术或是别的什么。

你知道他会怎么做吗?

在过节的时候，他会把它们打扮起来。感恩节的时候，给黄鼠狼戴上清教徒的帽子；万圣节，给火烈鸟穿上海盗装；林肯纪念日，天鹅头顶上则会多一顶大礼帽，嘴上还会粘上胡子。

当然了，喜爱整洁的明蒂是不可能喜欢它们的。妈妈也一样。每一次，只要爸爸弄了什么新东西回来，妈妈都会威胁说，要把它当做垃圾扔掉。

"爸爸，这些草坪装饰太丢人了！"明蒂抱怨，"人们从车里伸长脖子往外看，给我们的前院拍照。我们家都快成旅游景点了！"

"噢，拜托，"爸爸嘀咕道，"不就只有一个人拍过照片嘛。"

那是在去年的圣诞节，爸爸把所有的装饰都打扮成了圣诞老人的帮手。

"是啊，可那张照片还上了报纸！"明蒂接着说，"太——丢人了！"

"嗯，我倒觉得这些装饰挺酷的。"我说。

总得有人站在可怜的爸爸一边吧。

明蒂皱起鼻子，做了个恶心的表情。

我知道，什么是让明蒂最忍受不了的，那就是爸爸把它们布置在前院的方式。

毫无顺序而言。

要是让明蒂来，她肯定会把它们一字排开，就像对待她的鞋子一样，排列得整整齐齐。

"来吧，孩子们，"爸爸在催我们，开始往外走去，"我们去瞧瞧，有没有什么新的装饰上架。"

没办法。

我和明蒂拖着步子，跟着爸爸向外走。我们一边走着，一边在想——没什么大不了的，已经快到吃晚饭的时间了。我们只需要到店里随便看看，然后就可以回家了。

我们怎么也想不到，我们即将开始一生中最可怕的冒险。

6 草坪矮人动了

"爸爸，我们不能开车去吗?"走到顶峰街的大坡上，明蒂抱怨道，"天气这么热，走着去太累了。"

"噢，来吧，明蒂。就两个街区远，这也是很好的锻炼嘛。"爸爸一边回答，一边飞快地向前迈着大步。

"可是太——热了。"明蒂抱怨。

她把额头上的刘海向后拂了拂，用手遮住了额头。

明蒂说得没错，天气是很热。可说真的，商店的确只有两个街区远。

"我比你还热呢。"我故意逗她。

我靠在明蒂身上，晃了晃我汗湿的脑袋："看到了吧?"

几滴汗珠飞到了明蒂的T恤衫上。

"你太恶心了!"她尖叫着，连往后退，"爸爸! 快让

166

他别这么恶心了。"

"我们快到了。"爸爸回答。

他的声音听起来就像在百万英里之外。说不定他又在梦想买回一个新的草坪装饰呢。

前面，我已经看到"美丽草坪"高高的、尖尖的屋顶了。它直冲云霄，俯瞰着周围的所有房子。

多么怪异的地方啊，我心想。

"美丽草坪"是一座破旧的老房子，紧靠在街边。整幢房子都被刷成了粉色——明亮的粉色。窗户上装着色彩艳丽的百叶窗，可没有一样颜色是相配的。

我觉得，这也是明蒂讨厌这地方的另一个原因。

老房子比较破旧。前面门廊的木板都快掉下来了。

门廊那儿还有一个洞。去年，麦考先生就从那儿摔了进去。

我们走过前院的旗杆，我在车道上看见了安德森太太。她是"美丽草坪"的主人，她自己也住在这幢楼上——房子的二层和三层。

安德森太太正跪在一堆粉红色塑料火烈鸟旁边。她在拆掉外面的塑料包装，在草坪上把它们错落有致地摆放起来。

安德森太太的样子让我想起了火烈鸟。她很瘦，总爱穿粉红色的衣服。就连她的头发都带点儿粉色，就像是棉

花糖。

安德森太太只卖草坪装饰：塑料松鼠、接吻的天使、长胡子的粉红兔子、戴小黑帽的绿色虫子、一大群白鹅……她有好几百个装饰，散落在前院里，一直放到门廊的阶梯旁，然后又摆进屋里，摆满了房子的底层。

安德森太太小心地拆开了另一个火烈鸟，把它摆放在一头小鹿旁边。她看了看摆放的位置，又把小鹿向左挪了大概一英寸。

"你好，莱拉！"我爸爸喊她。

安德森太太没有回答。她耳朵有点儿背。

"你好，莱拉！"爸爸又喊了一声，把双手拢在嘴边，就像是个扩音器。

安德森太太从火烈鸟上抬起头，冲我爸爸微笑起来。

"杰弗里！"她大声说道，"见到你真高兴。"

安德森太太对爸爸总是那么友好。妈妈说了，爸爸是她最好的客户。

也许还是她唯一的客户。

"我也很高兴。"爸爸回答。

他急切地搓着双手，目光聚在了草坪上。

安德森太太把最后一只火烈鸟摆放好。她朝我们走来，在粉红色的T恤衫上擦了擦手。

"今天有没有什么想要的？"她问爸爸。

"我们家的小鹿有点儿孤单，"他大声说，好让安德森太太听见，"我想它需要有个伴儿。"

"爸爸，我们再也不需要草坪装饰了，真的，"明蒂恳求他，"妈妈会非常生气的。"

安德森太太笑了。

"噢，漂亮的草坪总会有地儿留给新的装饰！对吧，杰弗里?"

"当然了!"爸爸回答。

明蒂把嘴唇紧紧闭上了。今天，她已经翻了一百次白眼了。

爸爸快步走到一群大眼睛的石膏小鹿旁。它们在院子的一个角落里。

我们跟了过去。

小鹿大概有四英尺高，红棕色的身体上有白色的斑点。

非常逼真，又非常没劲。

他研究了一会儿小鹿。这时候，另一个东西吸引了他的注意。

两个蹲坐的小矮人，正立在草坪中央。

"哦，哦，看看这儿有什么?"爸爸微笑起来，喃喃道。

我看到他两眼放光。

他蹲下来，细心地看两个小矮人。

安德森太太拍了拍手。

"杰弗里，你的眼光可真不错！"她大叫道，"我就知
道，你会喜欢小矮人的！它们是欧洲雕刻的，做工非常精
细。"

我看了看两个矮人。

这是两个小老头儿，大约都有三英尺高，胖乎乎的。
两个矮人都长了一对红眼睛和尖尖的大耳朵。

它们俩张着嘴巴野蛮地傻笑着，头顶上冒出粗糙的棕
色头发。

每个矮人都穿了一件亮绿色短袖衬衣，棕色紧身裤，
头上是又高又尖的橙色帽子。胖乎乎的腰上，都紧紧地系
了一条黑腰带。

"它们太棒了！"爸爸的话里充满了热情，"噢，孩子
们，看它们多漂亮啊！"

"还行，爸爸。"我说。

"还行？"明蒂嚷嚷，"它们太糟糕了！那么恶心！那
么……那么邪恶。我讨厌它们！"

"嘿，你说得对，明蒂，"我说，"它们是挺恶心的，
就像你一样！"

"乔，你是最——"明蒂刚要说下去，却被爸爸打断
了。

"我要了！"他叫道。

"爸爸——不!"明蒂一声大叫,"它们太丑了!就买头小鹿吧,或者再买只火烈鸟也行。就是别买这两个又老又丑的矮人。看看,颜色多糟糕,再看看那邪恶的笑。它们太恐怖了!"

"噢,明蒂,别傻了。它们多么完美呀!"爸爸说,"我们买回家去,一定会很有意思。到了万圣节,我们可以把它们打扮成鬼怪;在圣诞节,可以装扮成圣诞老人。它们真像圣诞小精灵。"

爸爸掏出了信用卡。

他和安德森太太向粉红色房子走去,准备付钱。

"我一会儿就回来。"他说。

"它们简直太丑陋了,"明蒂抱怨,扭头看了看我,"它们真丢人。我以后再也不能带朋友回家了。"

她大步向车道走去。

我忍不住一直看着两个矮人。

它们是有点儿丑陋。虽然在微笑,可那微笑中却夹杂着恶意。它们玻璃一样的红眼睛带着些许冰冷。

"哇!明蒂,快看!"我叫道,"有个矮人刚刚动了一下!"

明蒂慢慢把脸转了过来。

我的手腕被一只胖胖的手紧紧抓住了。

我扭来扭去,想挣脱开来。

　　"放开!"我高声尖叫, "快放开我!明蒂——快来!"

　　"我——我来了!"她喊道。

7 矮人被搬回了家

明蒂向我飞奔过来。

她跳过火烈鸟，冲过小鹿身边。

"快!"我呻吟道，把左胳膊向她伸了出去，"它弄疼我了!"

当她跑近的时候，我看到，她的脸因为惊恐而扭曲了。

我再也装不下去了，终于忍不住大笑起来。

"上当了! 上当了!"我尖叫道。我从石膏矮人身边蹦蹦跳跳地跑开了。

明蒂转身过来打我，却落空了。

"你真相信矮人把我抓住了?"我喊道，"你真的信以为真了?"

她没来得及回答我。

173

爸爸从粉红色门廊的楼梯上跑了下来。

"该把我们的小家伙带回家了。"他高兴地说。

他停下脚步，开心地看着那两个丑陋的矮人。

"不过，让我们先给他们取个名字吧。"

爸爸给我们家所有的草坪装饰都取了名字。

明蒂低声哼哼了一句。爸爸没理会她。

他在其中一个矮人头顶上拍了拍："让我们叫这个哈普，因为它看起来这么高兴！我来搬哈普。你们来——"

他停下来，看看另外一个矮人。这个矮人的门牙上有一个小小的裂痕。"奇普，对了，我们就叫他奇普。"

爸爸把哈普举了起来："呀！真沉！"

他向车道走去，矮人的重量让他摇摇晃晃。

明蒂看了看奇普。"你来抬脚，我抓住脑袋，"她命令道，"来吧，一，二，三……起！"

我一弯腰，抓住矮人的两条腿。它沉重的红靴子在我胳膊上蹭了一下，我大叫了一声。

"别抱怨了，"明蒂命令我，"至少没有一顶愚蠢的尖帽子指着你的脸。"

我们跟在爸爸身后，吃力地搬着矮人下山。

我和明蒂并排一点点往前挪，一起使劲儿。

"邻居都会把我们当笑料的。"明蒂抱怨。

他们已经在这样了。

明蒂学校的两个女孩，正骑车往山坡上来。她们停下车子，看了好一阵，然后爆发出一阵大笑。

明蒂白净的脸庞变得通红，红得像爸爸的西红柿。

"我以后再也不能住在这镇上了，"她嘟囔道，"来吧，乔。我们走快点儿。"

我上下晃动奇普的腿，想让她失去平衡。可是，她失去的却只有耐心。

"别捣蛋，乔，"她斥责我，"把你那头抬高点儿。"

快到家的时候，麦考先生早已看见我们吃力地走过这个街区。他停下手中的剪子，欣赏着我们的游行。

"杰弗里，又买新的草坪装饰了？"他冲爸爸喊道。

我听见他哧哧地笑了。

麦考先生对我和明蒂很凶。可是，他跟爸爸却相处得不错。他们总是互相开玩笑，取笑对方的花园。

麦考太太的脑袋从前门探了出来。

"真可爱！"她叫道，白色棒球帽下露出了微笑，"快进来，比尔。你弟弟来电话了。"

麦考先生放下修枝剪，进屋去了。

我们吃力地抬着奇普走过麦考先生家的车道，跟在爸爸后面进了我们家的前院。

"就放这儿了！"爸爸已经把哈普放在了院子远处的一个角落，在小鹿莱拉边上。小鹿莱拉就是那头鹿。爸爸用

"美丽草坪"的主人莱拉的名字给它起的名。

我们拼尽了最后一点儿力气，把奇普抬到爸爸身边。这个矮人可真沉！要比其他的装饰都重得多。

我和明蒂扑通一声，把矮人放在了草地上。然后，我们倒在了一旁。

爸爸开心地吹着口哨，把奇普放在鹿的一边，哈普在另一边。

他退后几步，欣赏着他们。

"多么高兴的小家伙啊！"他说，"我得让你们的妈妈来瞧瞧。她一定会喜欢的！它们太可爱了！"

他快步穿过草坪，进屋去了。

"哟！"我听到隔壁传来熟悉的叫声。驼鹿正从他们家的车道跑出来。

"我听说，你们买来几个难看的草坪装饰。"

他跑到矮人跟前，盯着他们看起来。

"可真够难看的。"他粗声粗气地说。

驼鹿弯下腰，冲哈普吐了吐舌头。

"你想打架是吧，小丑？"他对小雕像说，"接招儿！"他假装给了哈普胖胖的胸脯一拳。

"废了那小矮子！"我喊。

驼鹿抓住矮人的腰，又给它来了十几记快拳。

我爬了起来。

"我要打得你笑不出来!"我冲奇普嚷嚷。我用手扣住矮人的脖子,假装掐它。

"看这个!"驼鹿抬起一条粗粗的腿,对准哈普尖尖的小帽子上来了一个空手道踢腿。雕像摇晃了几下。

"当心!别再捣乱了!"明蒂提醒我们,"你们会把它们搞坏的。"

"好吧,"我说,"那就让我们给它们挠挠痒痒吧。"

"挠痒痒,挠痒痒!"驼鹿挠着哈普的胳肢窝喊。

"你真有趣,驼鹿,"明蒂说,"真的是个 ——"

我和驼鹿等着明蒂把话说完,等她嘲笑我们。可是,她却指着麦考家的花园尖叫起来:"噢,不!巴斯特!"

我和驼鹿同时扭过头去。我们看到了巴斯特。

它正在麦考先生花园的中央,把一些绿色的花茎往外刨。

"巴斯特!别这样!"我尖叫。

我抓起狗哨,放到嘴边。可是,还没等我吹响,麦考先生已经冲出了前门!

"又是你这只蠢狗!"他大声嚷嚷,疯狂地挥舞着胳膊,"滚开!"

巴斯特呜咽一声,转过身,小跑着回到了我家的院子。它低着头,短短的尾巴夹在两腿中间。

"哦——不好!"

177

我望着麦考先生愤怒的脸。我心想，我们现在真的有麻烦了。

可是，还没等麦考先生开口教训我们，爸爸推开门走了出来。

"孩子们，"妈妈说，"晚饭差不多好了。"

"杰弗里，你故意把那条狗放过来，是想毁了我的甜瓜吗？"麦考先生喊道。

爸爸咧嘴一笑。

"巴斯特就是忍不住去你那儿，"他回答，"它老把你的甜瓜当做高尔夫球！"

"你种的那些叫西红柿吗？"驼鹿的爸爸也不甘示弱，"还是橄榄啊？"

"难道你没看见我昨天推回家的西红柿？"爸爸回答，"我得用手推车才能装下！"

巴斯特围着院子跳起了舞。

我想，它好像知道自己逃过了一劫。

我们向屋子走去。可是，我忽然听到砰的一声，我停下了。

我一回头，发现哈普脸朝下趴在了草地上。

巴斯特正兴奋地在它脸上舔来舔去。

"真讨厌。"爸爸责备它。

我觉得，爸爸对巴斯特的喜欢也并不比麦考先生多多少。

"你把矮人撞倒了！给我滚远点儿！"

"巴斯特，到这儿来，伙计！"我喊。

可是，它没理我，反而舔得更起劲了。

我把狗哨放到嘴边，吹出了一个短音。

巴斯特抬起头，对声音作出了反应。它把石膏矮人丢在一边，向我慢慢跑了过来。

"乔，去把哈普扶起来，好吗？"爸爸生气地说。

明蒂拉住了巴斯特。

我抓起矮人的肩膀，慢慢把它扶起来。然后，我看了看它有没有摔坏。

腿、胳膊、脖子，一切都完好如初。

我抬起眼，在哈普的脸上看了看。

我吃了一惊，往后跳了一大步。

我眨了几下眼睛，又盯着矮人看了几眼。

"我……我真不敢相信！"我咕哝了一句。

8 奇怪的甜瓜子

矮人脸上的微笑消失了。

它的嘴张得老大，似乎是在尖叫。

"嘿——"我好不容易才叫出声来。

"出什么事了？"爸爸冲我喊道，"摔坏了没有？"

"它的微笑！"我叫道，"它的微笑不见了！它是被吓坏了，还是——"

爸爸跳下楼梯，几步就跑了过来。驼鹿和麦考先生也凑过来看热闹。

明蒂向我这边慢慢走来，皱着眉，一脸的狐疑。也许她在想，我这又是在开玩笑。

"看到了吗？"等大家聚在了我身边，我嚷嚷道，"真让人难以相信！"

"哈哈！你又想骗我，乔！"驼鹿脱口而出，在我肩上捶了一下，"真好笑。"

"什么？"我低头看了看雕像。

哈普的嘴又翘起来，笑了。

那笑容就跟它原先的一模一样，害怕的神情不见了。

爸爸大笑起来。

"你演得真不错，乔，"他说，"你把我们都骗住了。"

"也许你儿子应该去当演员。"麦考先生说着挠了挠头。

"他可没骗住我，"明蒂在自夸，"这把戏太蹩脚了，真不怎么样。"

究竟发生了什么？难道刚才矮人张嘴，是我想象出来的？

麦考先生看了看巴斯特。"听着，杰弗里，"他开口道，"关于你们家的狗，我是认真的。要是它再敢跑到我的花园里来……"

"要是巴斯特再过去，我保证会把它拴起来。"爸爸回答。

"哦，爸爸，"我说，"你知道，巴斯特不喜欢被拴起来。它痛恨这样！"

"对不起，孩子们，"爸爸转身准备回屋，"就这样。巴斯特还有最后一次机会。"

我弯腰拍了拍巴斯特的脑袋。

"你只有一次机会了，伙计，"我在它耳旁轻声说，"你听见了吗？你只有一次机会了。"

第二天一早，我从梦中醒来。我瞟了一眼床头柜上的收音机闹钟。

八点，星期二。

这是我暑假开始的第二天。太棒了！

我套上紫色和白色相间的运动衣和运动短裤，一溜小跑下了楼。

该去修剪草坪了。

我和爸爸达成了协议，要是整个暑假，我每周都修剪一次草坪，爸爸就会给我买辆新自行车。

我知道我想要哪一个型号。二十一档变速，宽胎，有史以来最酷的山地车。骑上它，我能从大石头顶上飞过去！

出了前门，我抬头看了看温暖的朝阳，感觉真好。草地上还散落着晶莹的露珠，闪闪发亮。

"乔！"我听到一声怒吼。

那是麦考先生的叫声。

"到这儿来！"

麦考先生在他的菜园边上，弯着腰。

一根紫色的筋脉在他额头上跳动着——他很生气。

噢，不，我慢慢向他走过去，心里在想，又发生了什么？

"我已经受够了，"他冲我咆哮道，"要是你不把那条狗拴起来，我马上就打电话叫警察！我说到做到！"

麦考先生指了指地面。他的一个卡萨巴甜瓜躺在泥土里，摔成了好几瓣。甜瓜子散落在四周，橙红色的果肉也被吃掉了大半。

我张开嘴，却什么声音也没发出来。

我不知道自己该说什么才好。

还算走运，爸爸及时出现了。

他正要出门上班。

"我儿子在给你指导园艺吗，比尔？"他问。

"今天别跟我开玩笑！"麦考先生恨恨地说，他捧起摔碎的甜瓜，伸到爸爸面前，"看看你们家的野狗都干了什么！我现在只剩下四个甜瓜了！"

爸爸看了看我，他的神色变得严肃起来。

"我警告过你，乔！我叫你把狗看好了，别出我们家的院子。"

"可这不是巴斯特干的，"我急忙分辩，"它根本就不喜欢吃甜瓜。"

此刻，巴斯特正躲在火烈鸟后面。

它的耳朵耷拉下来，贴在脑袋上。尾巴也夹在了两腿中间。它看起来很心虚的样子。

"那么，还有谁会这么干呢?"麦考先生不依不饶。

爸爸摇了摇头："乔，你把巴斯特拴到后院儿去。马上去!"

我知道，我别无选择。

我没有办法再争辩什么了。

"好吧，爸爸。"我嘟囔道。

我拖着脚走过草坪，抓起巴斯特的项圈儿。

我把它拉到后院的角落，让它在松木做的红色狗屋边坐下。

"待在这儿!"我对它说。

我在车库里找了半天，才找到一根长绳子。我把巴斯特拴在狗屋旁边一棵高大的橡树上。

巴斯特发出几声哀伤的叫声——它真的不喜欢被拴起来。

"对不起，伙计，"我轻声说，"我知道，那个甜瓜不是你吃的。"

爸爸来到后院，想亲眼看见我真的把狗拴好了。听到他的脚步声，巴斯特竖起了耳朵。

"今天把巴斯特拴起来也好，"他说，"油漆匠今天下午要开始刷房子，巴斯特会妨碍他工作。"

"油漆匠?"我诧异地问。

没人跟我说过有油漆匠要来。我最讨厌油漆的味道了！

爸爸点了点头。

"那边黄色的地方已经退色了，他们会重新刷一刷，"爸爸指了指房子，"我们要把房子刷成白色，带黑边儿的。"

"爸爸，巴斯特——"我刚要说下去。

爸爸举起一只手，不让我说下去。

"我得上班去了。把它拴好。我们晚上再说这事儿。"

他向车库走去了。

这都是麦考先生的错，我心想。

全是他的错！

等爸爸开车走远了，我生气地跺着脚，走到车库，拿起了割草机。

我把割草机沿房子边推到前院。

明蒂坐在前面的台阶上，正读着一本书。

我把割草机向前一阵猛推。

"我讨厌麦考先生！"我说。

我把割草机推过火烈鸟。

我真想把它细长的脚切成碎片。

"他是个浑蛋。我要把他那四个愚蠢的甜瓜全部摔碎！"我嚷嚷道，"我要把它们全毁掉，这样麦考先生就不会再来烦我们了!"

"乔,你别这样。"明蒂从书上抬起头对我说。

修剪完草坪,我跑回家,抓起一个大塑料袋,准备把割下的碎草装起来。

等我出门,发现驼鹿正四脚叉开,躺在我们家的草坪上。他身边的草地上,散落着几个颜色鲜艳的塑料圈。

"反应要快!"他喊道。

他把一个蓝色的塑料圈向我扔过来。

我扔下手中的塑料袋,向塑料圈扑了过去。

"接得不错!"他说着爬了起来,"要不要来一局丢圈儿比赛?我们就用矮人的尖帽子。"

"用明蒂的尖脑袋怎么样?"我回答。

"你真幼稚,"明蒂说,她站起身向门口走去,"我得找个安静的地方看书。"

驼鹿递给我几个塑料圈。他把一个紫色的向哈普丢去。塑料圈刚好套在矮人的帽子上。

"真准!"他欢呼道。

我拿起两个圈,像铁饼运动员那样转起来。我向奇普一下投出了两个圈。它们砸中了矮人胖胖的脸,滚落到草地上。

驼鹿咯咯直笑。

"你丢圈就像明蒂一样。看我的!"他向前弯下腰,扔出了两个圈。它们正好落在奇普的尖帽子上。

"耶!"驼鹿大叫。

他秀了秀胳膊上的肌肉:"超级驼鹿所向无敌!"

我们把剩下的圈一个个投了出去。

驼鹿获胜,不过只有两分的差距——十比八。

"再来!"我说,"我们再来一局!"

我跑到矮人身边,去把圈收回来。

我从奇普的帽子上抓了几个下来,看了一眼它的脸。

我倒吸了一口凉气。

那是什么?

一颗种子。

一颗橙红色的种子,大概有半英寸那么长。

从矮人肥肥的嘴唇中间露了出来。

9 梦

"是甜瓜子吗?"我问,声音有些发抖。

"什么?"驼鹿走到我身后。

"一颗甜瓜子。"我又说了一遍。

驼鹿摇了摇头。他的大手在我肩膀上拍了拍。

"你出现幻觉了,"他说,"快来,我们比赛吧!"

我指了指奇普的嘴。

"我没有出现幻觉。这儿!就在这儿!难道你没看见吗?"

驼鹿顺着我的手指看去。

"是啊,是有一颗种子,可那又怎么样呢?"

"那是卡萨巴甜瓜的种子,驼鹿,就跟散落在地上的一模一样。"

甜瓜种子是怎么跑到奇普嘴里去的呢?

问题得有答案。

一个简单的答案。

我苦苦思索，可怎么也想不明白。

我从矮人的嘴唇上把种子拨弄下来看着它落在了草地上。

然后，我又盯着矮人的笑脸，望着它冰冷而无神的眼睛。

矮人也回望着我。

温暖的夏日，我却打了个冷战。

瓜子是怎么到这儿来的呢？我不知道。

这天夜里，我梦见了甜瓜。

我梦见，在我们家前院，长出了卡萨巴甜瓜。它长啊长，长得比我们的房子还大。

正梦着甜瓜，什么东西忽然把我惊醒了。

我一摸闹钟。

半夜一点。

接着，我听到一声号叫。

那是一声低低的、哀伤的号叫。

就在屋外。

我跳下床，几步走到窗前。

我望向黑暗中的前院。草坪矮人静静地立在那儿。

189

我又听到了那个哀号声，比刚才叫得更响，也拖得更长了。

是巴斯特。

我可怜的狗。它被拴在了后院儿。

我溜出房间，来到黑漆漆的走廊上。

屋里静悄悄的。我沿着铺了地毯的楼梯向下走去。

楼梯在我脚下突然发出吱嘎一声，吓得我差点儿跳了起来。

一秒钟过后，我又听见了一声。

我的两腿在发抖。

乔，要冷静，我告诉自己。

只是楼梯而已。

我踮起脚，走过黑糊糊的客厅，走进厨房。我听到身后传来轻微的沙沙声。我的心开始怦怦直跳。

我一转身，却什么也没有。

你出现幻觉了，我告诉自己。

我在黑暗中摸索前进，握住了门把手。

就在这时，两只有力的手突然从后面把我抓住了！

10 甜瓜上的笑脸

"你想去哪儿?"

——是明蒂!

我长长地松了一口气,从她手上挣脱出来。

"我要去吃夜宵,"我揉了揉脖子,低声说,"我要把麦考先生剩下的甜瓜全吃掉。"

我假装嘴里塞满了东西,大嚼起来。

"嗯!卡萨巴甜瓜。我需要更多的甜瓜!"

"乔!你还是别这样!"明蒂轻声警告我。

"嘿,我是开玩笑的,"我说,"巴斯特像疯了似的在后面嚎。我去让它安静下来。"

明蒂打了个哈欠:"要是让爸爸妈妈发现你半夜溜出去……"

"只要几分钟就够了。"我从一旁走了出去。

　　夜里的空气潮乎乎的，我感到背上一阵微微的寒意。我抬头望了一眼天空，一颗星星都没有。

　　巴斯特可怜的叫声又从后院传来。

　　"我来了，"我提高了嗓门说道，"没事儿的，伙计。"

　　巴斯特的号叫变成了呜咽。

　　我向前走了一步。

　　什么东西在草里发出沙沙的声音。

　　我停住脚步。

　　我向黑暗中看去。两个小小的身影，从房子边跑了过去。它们穿过院子，消失在黑暗中。

　　说不定是浣熊。

　　浣熊?

　　对了，这就是答案!

　　一定是浣熊吃掉了麦考先生的甜瓜。

　　我真想马上把爸爸叫起来，告诉他。可我决定，还是等到早上再说。

　　现在，我感觉好多了。

　　也就是说，巴斯特不用再被拴着了。我走到巴斯特身边，坐在被露水浸湿的草地上。

　　"巴斯特，"我轻声说道，"我来了。"

　　它棕色的大眼睛往下耷拉着，显得很哀伤的样子。我用胳膊抱住它毛茸茸的脖子。

"你不会被拴很久了，巴斯特，"我向它保证，"你会知道的。明天一早，我就去告诉爸爸浣熊的事儿。"

巴斯特感激地在我手上舔起来。

"明天，我带你走远一点，"我轻声说，"怎么样，伙计？现在你快睡吧。"

我溜回屋子，跳上了床。

我感觉不错。

我已经揭开了甜瓜的秘密。我们和麦考先生的麻烦结束了。我心想。

可是，我错了。

我们的麻烦才刚刚开始。

"真不敢相信！真叫人不敢相信！"麦考先生的叫喊声划破了宁静的清晨。

我从熟睡中惊醒过来。

我揉了揉眼睛，看了一眼收音机闹钟。

早上六点半。

他又在吵吵什么呢？

我跳下床，几步跑到楼下。我打了个哈欠，伸了几下懒腰。

爸爸、妈妈还有明蒂已经在前门了。他们身上都还穿着睡衣和睡袍。

"出什么事儿了？"我问。

"是比尔！"爸爸说，"快来！"

我们蜂拥到门外，去看隔壁的花园究竟是怎么了。

麦考先生穿了一件皱巴巴的蓝白色格子睡袍，站在他的菜园边。他发疯似的举着他的卡萨巴甜瓜，大声尖叫。

驼鹿和他妈妈也身穿睡衣，站在麦考先生身后。他们瞪大眼睛，一言不发。

麦考太太一贯的亲切笑容没有了。她今天皱着眉，阴沉着脸。

麦考先生从花园里抬起了头。

"毁了！"他在咆哮，"全毁了！"

"噢，天哪！"爸爸嘀咕了一句，"我们得过去看看，玛琳。"

他走过前院的草坪。我、妈妈还有明蒂跟了过去。

"放松点儿，比尔，"爸爸走进麦考家的前院，平静地说，"不管怎样，都不值得生这么大的气。"

"放松？你叫我放松？"麦考先生尖叫道。他额头上青筋暴起。

一定是浣熊，我心想。

它们又光顾了花园。我得告诉爸爸。

就现在。

在巴斯特又被责难之前。

麦考先生把四个甜瓜捧在手里。它们都还挂在藤上。

"我早晨起来给我的甜瓜浇水，发现了这个……这个……"他气得说不下去了。

他把甜瓜举到我们面前。

"哎哟!"我吃惊得叫出了声。

这不可能是浣熊干的。

不可能。

有人拿黑色的记号笔，在每个甜瓜上都涂了一张大而丑陋的笑脸!

姐姐推开我，凑上前去，想看个究竟。

"乔!"她大叫道，"这太可怕了。你怎么能这样!"

11 矮人手上有墨水

"你在说什么?"麦考先生问。

"对呀,明蒂,你在说什么呀?"妈妈也问。

"昨天晚上,我发现乔偷偷溜出了家门,"明蒂回答,"半夜的时候。他告诉我说,要把剩下的甜瓜全都毁掉。"

每个人都瞪着我,很是吓人。就连驼鹿——我最要好的朋友也不例外。

麦考先生的脸红得像个西红柿。我看到他捏紧了拳头,又松开了。

大家都瞪着我,一句话也没说。甜瓜上的笑脸也在望着我。

"可是……可是……可是……"我不知道该说什么。

还没等我解释,爸爸已经爆发了。

"乔,我想你欠大家一个解释。你半夜跑到外面来干什么?"

我感到自己的脸通红,但那是因为愤怒。

"我出来让巴斯特安静下来,"我说,"它一直在叫。我没有动过甜瓜。我绝不会做这种事情。我告诉明蒂要毁掉它们,可那只是在开玩笑!"

"好啦,没什么玩笑好开的!"爸爸生气地嚷道,"你一星期不准出门!"

"可是,爸爸——"我哀求道,"这些甜瓜真不是我画的!"

"两星期!"他呵斥我,"还有,你得替麦考先生修剪草坪,外加浇一个月的水,作为你的道歉。"

"哇,杰弗里,"麦考先生插了进来,"我再也不想看见你儿子或是你们家的狗,再踏进我的花园一步了。永远!"

他用大手指在卡萨巴甜瓜上擦了几下,希望把黑色的墨水印擦掉。

"希望能擦掉,"他嘀咕道,"擦不掉,杰弗里,我可就要起诉你了。相信我,我一定会的!"

甜瓜灾难发生两小时后,我躺在自己房间的地板上。

不能出门。我什么事情也没得做了。

我不能去院子里跟巴斯特玩,因为油漆匠正在外面刷房子。

我待在自己的房间，把所有《超级伽玛人》的漫画书又重新翻出来看。

我花了五块钱，从"疯狂小丑"的商品目录上订了一团橡皮泥呕吐胶。那差不多是我整整一个星期的零花钱。然后，我又溜进明蒂的房间，把她衣柜里的衣服全混到了一起，再也不是彩虹的颜色顺序了。

做完了这些，连中午都还没到。

真是没劲的一天，我心想。

我走到楼下。

"把黄色递给我。"书房里传来明蒂的声音。

我溜到门边，偷偷向里张望。

明蒂和她最好的朋友海蒂盘腿坐在地板上。她们在用棉布染料给T恤衫涂颜色。

海蒂跟明蒂一样讨厌。她总在抱怨这事儿那事儿。她要不就太冷，要不就太热，或者肚子又痛了，或是鞋带又太紧了。

我悄悄看两个女孩子在那儿忙活。海蒂给一只紫色的猫画上了个银色的项圈。

明蒂猫着腰，全神贯注，慢慢画出了一朵黄色的大花。

我突然跳进书房。

"哇!"我大叫一声。

"啊呀!"海蒂尖叫起来。

明蒂跳起来,红短裤上落了一大团黄色的颜料。

"你这个傻瓜!"她嚷嚷道,"看把我弄成了什么样!"

她用指甲去擦颜料。

"走开,乔!"她命令我,"我们正忙着呢。"

"可是我不忙啊,"我回答,"谢谢你,告密小姐。"

"往瓜上画笑脸,是你的好主意,"她骂我,"又不是我的。"

"可那不是我干的!"我说。

明蒂给我一一列举她掌握的证据:"你半夜从床上爬起来;你跑到院子里去了;你还告诉我说,要把剩下的甜瓜全毁掉。"

"我那是在开玩笑!"我大叫,"难道你就不明白,什么叫做玩笑?你有时候也应该学着幽默一点。"

海蒂伸了一下懒腰。"我好热,"她说,"我们去游泳怎么样?晚点儿再回来画完这些T恤衫。"

明蒂的眼睛望着我。

"乔,你想跟我们一起去吗?"她用甜甜的声音问,"哎哟,我忘了,你被罚不准出门的。"

说完,她放声大笑起来。

我转身离开了书房。我得想办法从这儿出去,我心想。

我走到厨房。妈妈和油漆匠正站在柜台边，挑选着油漆的样本。

"我们想要玛瑙黑的边，不是沥青黑，"她指着样本告诉油漆匠，"我觉得你拿错了油漆。"

我扯了扯她的衣袖。

"妈妈，巴斯特太无聊了。我能带它出去遛遛吗?"

"当然不行，"她立刻回答，"你被罚禁闭了。"

"求你了，"我哀求，"巴斯特需要出去走走。再说油漆味道让我感觉恶心。"

我捂着肚子，装出要吐的声音。

油漆匠在边上不耐烦地换着脚。

"好吧，好吧，"妈妈说，"带狗出去吧。"

"太好了! 谢谢你, 妈妈!"我大叫。

我从厨房冲进了后院儿。

"巴斯特，好消息!"我欢呼，"我们自由了!"

巴斯特摇了摇它的短尾巴。

我解开绳子，往它项圈上套上了一条短皮带。

我们走了大概有两英里。一直走到巴特米克池塘边。这里是我们最喜欢的地方，因为可以在这里玩抛棍游戏。

我把一根大棍子扔进水里。巴斯特跳进冷冷的池塘，把它叼了回来。我们玩啊玩，一直玩到了三点钟。该回家去了。

回家的路上，我们在"奶牛奶油"乳品店停下了。这里，有镇上最好吃的冰淇淋。

我掏出剩下的最后一点儿零花钱，买了两个巧克力蛋筒冰淇淋，犒劳我们俩。巴斯特很喜欢吃，可它把上面的碎巧克力全撒在了地上。

吃完冰淇淋，我们继续上路回家。

走到我们家车道上，巴斯特兴奋地向前跑起来，把皮带拉得紧紧的。

它似乎很高兴回家。

它把我拽进前院，探出鼻子到处闻：常青的灌木和火烈鸟、小鹿还有矮人。

两个矮人。

难道这两个矮人跟别的东西有什么不一样吗？

我松开巴斯特的皮带，弯腰仔细察看。

我看了看它们胖胖的小手。它们的指尖上，有些黑糊糊的脏东西，是什么呢？

是泥土吗？

我在它们的指头上擦了擦。可是，脏东西还在。

不，那不是泥土。

我又凑近了一些。

是墨水，黑色的墨水。

12 矮人开口了

黑墨水。

麦考先生甜瓜上画的笑脸，也是同样的颜色！

我使劲咽了一口唾沫。

这究竟是怎么回事？我不知道。

矮人的手指上，怎么会有墨水的痕迹呢？

我得找个人来看看。我决定。

找妈妈！

她在家。她会帮我找到答案。

我刚走到前门，忽然听见从麦考家的院子里传来一阵窸窸窣窣的声音。

"巴斯特！不要啊！"我喊道。

巴斯特围着麦考先生的菜园转起了圈儿，拴狗的皮带拖在它身后。

202

我连忙把手伸进T恤衫下面，把狗哨扯了出来。

我用力吹了起来。

巴斯特连忙跑回到我身边。

"好孩子!"我这才松了一口气。

我在它面前挥了挥手，想对它严厉一点。

"巴斯特，你要是不想被拴起来，就千万别再到那个院子去了!"

巴斯特伸出长长的、黏黏的舌头，舔舔我的手指。然后，它又转过身，在矮人身上舔起来。

巴斯特把它们舔得浑身都是口水。

"哦，不!"我叫道，"别再来了!"

奇普和哈普的嘴又张大了。它们又露出了上次我见过的那种受惊的表情，就好像要尖叫似的。

我紧紧闭上眼睛，然后再慢慢睁开。

那表情依然还在。

这儿究竟发生了什么? 难道矮人怕巴斯特吗? 我是不是疯了?

我赶紧把巴斯特在树上拴好，我的手在发抖。

我跑进屋去找妈妈。

"妈妈! 妈妈!"我气喘吁吁地喊道。

我发现她在楼上，在她自己的办公室里工作。

"你得出来一下，马上!"

妈妈从她的电脑边转过身来。

"出什么事了?"她问。

"矮人!"我嚷嚷,"它们手上有黑墨水。它们也不笑了。快来,你会明白的!"

妈妈慢吞吞地推开了椅子。

"乔,如果这又是你的恶作剧……"

"求你了,妈妈。只要一秒钟。我不是在开玩笑,真的!"

妈妈下了楼,她从前门望了望两个矮人。

"看到了吗?"我在她身后喊道,"听我说! 快看他们的脸,好像是在尖叫!"

妈妈眯起了眼睛。

"乔,你就别捣乱了。你为什么要让我停下手里的工作? 它们都在傻笑,跟平时没什么两样。"

"什么?"我吃了一惊。

我跑到外面,盯着矮人看。

它们也盯着我,笑盈盈的。

"乔,我真希望你别再开这些傻傻的玩笑了!"妈妈厉声说道,"这没什么意思,一点儿意思也没有!"

"可是,你看看它们手指上的墨水!"

"那只是泥土,"妈妈不耐烦了,"自己找本书看看,或者是把房间收拾一下。给自己找点儿事做吧。你快要把我气疯了!"

我在草地上坐了下来。独自一人。

我在思考。

我在想,为什么矮人的嘴唇上会有甜瓜子。我记得,上一次,它们的嘴就扭曲了,一副被吓坏了的样子。那一次,巴斯特就舔过它们。

现在,它们手指上又有墨水的痕迹。

这些事情都加在了一起。

我断定,矮人是活的!

而且,它们在麦考家的花园里做了坏事。

矮人?会做坏事?我一定是疯了。

突然,我感到很难过。

这些事情都讲不通。

我站起身,准备回屋。

就在这时,我听到一阵低低的话语。

嘶哑的声音。就在我脚下。

"没什么意思,乔。"哈普低声说。

"一点儿意思也没有。"奇普粗声粗气地说。

13 没人相信我

我该把听到的话告诉爸爸妈妈吗?

那天晚上吃晚饭的时候,我一直在想。

"今天大家都怎么样啊?"爸爸开心地问大家。

他盛起一勺豌豆,放进自己的餐盘里。

他们永远也不会相信我的。

"我和海蒂骑车到游泳池去了。"明蒂开口说。

她把一堆炖金枪鱼放在盘子里,摆成了一个正方形。然后,她拨开了混在其中的一颗豌豆。

"可是她腿抽筋儿了,所以我们大多是在晒太阳。"

我一定得说。

"今天下午,我听到一些怪异的东西,"我脱口而出,"真的,特别特别怪异。"

"我还没说完呢!"明蒂大叫。她用餐巾小心地擦了一下嘴。

"可我的事情很重要！"我说。

我开始紧张地扯着餐巾。

"我在前院儿，一个人。我听到有人在说话。"

我把声音压得低低的，模仿那沙哑的声音。

"那个声音说：'没意思，乔。一点儿意思也没有。'我不知道怎么回事。当时周围一个人都没有。我……嗯……觉得是矮人在说话。"

妈妈砰的一声，把装满柠檬水的玻璃杯重重地拍在餐桌上。

"够了！你的那些矮人玩笑！"她生气地说，"没人觉得有什么好笑的，乔。"

"可是，它就是真的！"我大叫，把餐巾揉成了一个球，"我听到那声音了！"

明蒂轻蔑地笑了。

"你的笑话太蹩脚了，"她说，"爸爸，请把面包递过来。"

"当然，亲爱的。"爸爸回答，把装晚餐面包的木头盘子递了过去。

一切就这样结束了。

晚饭过后，爸爸建议，我们去给西红柿浇水。

"好吧。"我耸耸肩回答说。

只要不在屋子里闷着就成。

"要我去拿'虫子死光光'吗?"出门的时候我问。

"不! 不!"他说。

爸爸的脸变得惨白。

"出什么事了,爸爸? 有什么问题吗?"

他一声不吭,指着种西红柿的那块地。

"噢,"我叫起来了,"噢,不!"

我们可爱的西红柿全被压碎了、扯烂了——种子和红色的果肉满地都是。

爸爸张大了嘴,盯着地里。他的手紧紧握成了拳头。

"谁会干这么可怕的事情啊?"他叹息道。

我的心在拼命跳,跳得好快。

我知道是怎么回事。现在,每个人都得相信我了。

"是矮人干的,爸爸!"我抓起他的袖子,把他向前院拽去,"你会明白的,我证明给你看!"

"乔,快放开我。现在没时间开什么玩笑。难道你不明白,我们只能退出园艺比赛了吗? 我们已经失去了夺冠的机会! 什么奖都没有了。"

"你一定得相信我,爸爸。快来吧。"我紧紧抓住爸爸的袖子,不肯松开。

我拽着他向前院走,心里在想,我们究竟会看见什么呢？

在它们丑陋的脸上，会不会沾满了血红的西红柿汁？

在它们胖胖的手指上，会不会有烂烂的果肉？

在它们的小脚上，会不会有数不清的西红柿子？

就要走到矮人跟前了。

我的眼睛眯了起来。

终于，我们站在了两个矮人跟前。

可我无法相信自己的眼睛。

14 可怜的西红柿

什么也没有。

没有西红柿汁。

没有果肉。

更没有子儿，一粒都没有。

什么都没有。

我怎么会错了呢？我扭头看着爸爸，肚子里一阵抽搐。

"爸爸……"我的声音在发抖。

爸爸生气地冲我挥挥手，不让我再说下去。

"乔，这儿什么也没有，"他嘟囔道，"我再也不想听你说矮人一个字了。明白了吗？一个字也不想听！"

他棕色的眼睛冒出了愤怒的火焰。

"我知道这是谁干的！"他恨恨地说，"我不会放过他的!"

他转过身，走到后院。

他捧起一捧烂西红柿，西红柿汁从他手指间渗出来。

他冲到了隔壁。

我看到爸爸走上麦考家门前的台阶，在门铃上一阵猛按。不等人来开门，他就开始大声嚷嚷起来。

"比尔！到这儿来。马上给我出来!"

我躲在爸爸身后。我从来没见他这么生气过。

我听到门把手转动的声音，门打开了。麦考先生站在门口，一身的白色运动衣。他手上还举了半块没吃完的猪排。

"杰弗里，你嚷嚷什么呢？这么吵，会让我消化不良的。"他咯咯地笑了。

"好吧，让你消化这个!"爸爸大叫一声。

他抬起手，把烂西红柿扔了出去。

西红柿啪的一声，摔在麦考先生的白色T恤衫上，又顺着他的白色短裤往下淌。还有一些稀烂的果肉落在他干干净净的白色运动鞋上。

麦考先生低头望着自己的衣服，不敢相信发生的一切。

"你疯了吗?"他咆哮起来。

"不，是你疯了!"爸爸大声嚷嚷，"你怎么能这样？

就为了得个破冠军！"

"你在说什么呀？"麦考先生也不甘示弱。

"哦，我明白了。你现在是要假装跟自己没关系是吧？你假装什么也不知道。那好，我不会放过你的。"

麦考先生走下台阶，站在离爸爸只有一英寸的地方。他挺起宽阔的胸膛，冲爸爸摆出威胁的姿势。

"我没动过你那恶心的西红柿！"他咆哮道，"你这个没用的家伙！去年的冠军，或许是你买来的吧！"

爸爸愤怒地冲麦考先生挥了挥拳头。

"我的西红柿是比赛里最棒的！你种的跟我的比起来就像是葡萄！再说了，有谁听说过有人在明尼苏达种卡萨巴甜瓜的？你会成为园艺比赛上的一个笑话！"

我全身都在战栗。我担心，他们会打起来的。那样的话，麦考先生会把我爸爸揍扁的。

"笑话？"麦考先生怒吼，"你才是个笑话！你和你的酸西红柿，还有那些可笑至极的草坪装饰！趁我还没失去控制，你马上给我出去！"

麦考先生跺着脚走回到前门。他转过身来说："我再也不希望我儿子跟乔一起玩了！说不定是你儿子毁了你的西红柿，就像毁掉我的甜瓜那样！"

他消失在门口，重重地关上了门。整个门廊都摇晃了一下。

那天晚上，我在床上翻来覆去，怎么都睡不着。

画在甜瓜上的笑脸，摔烂的西红柿，草坪矮人的低语。我脑子里全是这些。

午夜早就过了，可我还是睡不着。

一闭上眼睛，矮人那恶毒的微笑就在我眼前晃来晃去。

那些笑脸，笑着，在冲我大笑。

突然，我感觉房间里又热又闷。我踢开盖在腿上的薄被单，可还是那么热。

我跳下床，走到窗边。我推开窗户，一阵湿热的空气迎面而来。

我把胳膊撑在窗台上，向黑暗中望去。

这是一个起雾的夜晚。灰色的浓雾，在前院舞动。虽然很热，可我背上却感到一股凉意。我还从来还没见过这么大的雾。

浓雾稍微散去了一点儿。大翅膀天使映入了我的眼帘，然后是海豹、黄鼠狼还有天鹅。一阵粉色闪过——那是火烈鸟。

小鹿也立在那里。

孤零零的。

孤孤单单。

可是矮人不见了！

15 矮人不见了

"妈妈！爸爸！"我大叫着冲到了他们的房间，"醒醒！醒醒！矮人都不见了！"

妈妈腾地坐起来："什么？出什么事了？"

爸爸没有动。

"是那些矮人！"我大声说道，摇晃着爸爸的胳膊，"醒醒！"

爸爸睁开眼，看了我一眼。

"现在几点了？"他嘟囔了一句。

"快起来，爸爸！"我求他。

妈妈哼哼了一声，打开床边的台灯。

"乔，现在很晚了。你为什么要把我们吵醒？"

"它们……它们不见了！"我结结巴巴地说，"它们消失了。我不是在开玩笑。我真没有开玩笑。"

爸爸妈妈互相看了一眼，然后又瞪着我。

"够了！"妈妈嚷嚷道，"我们已经受够你的笑话了。现在是半夜！回床上睡觉去！"

"马上！"爸爸厉声对我说，"你的那些废话，我们都听够了。看来我们得好好谈谈了，明天一早！"

"可是……可是……可是……"我不知道说什么好。

"快去！"爸爸喊。

我慢吞吞地退出了他们的房间。不知是谁的拖鞋还差点儿绊了我一跤。

我应该知道，他们是不会相信我的。可是，一定得有人相信我。一定得有人。

我跑过黑黑的走廊，冲到明蒂的房间。我靠近她床边，听到像吹口哨一样的声音。她一躺下就会发出这样的声音。她总是一沾枕头就能睡着。

我低头看了她一阵。我要叫醒她吗？她会相信我的话吗？

我拍了拍她的脸。

"明蒂，快醒醒！"我轻声喊道。

没动静。

我又叫她的名字，这次更大声了。

她的眼睛睁开了。

"乔？"她睡眼惺忪地说。

"起来，快点儿！"我轻声说，"你一定得看看！"

"看什么呀？"她抱怨道。

"矮人，矮人都失踪了！"我说，"我想它们是跑掉了！求你了，起来吧。快来！"

"矮人？"她嘟囔囔道。

"来吧，明蒂，快起来，"我恳求说，"紧急情况。"

明蒂的眼睛一下睁得老大："紧急情况？什么？什么紧急情况？"

"是矮人，它们真的不见了。你得跟我到外面去。"

"这就是你说的紧急情况？"她尖声说道，"你疯了吗？我哪儿也不跟你去。你脑子真的有毛病了，乔。真的。"

"可是，明蒂……"

"别再来烦我了。我要睡觉。"

她闭上眼睛，把被单拉过头顶。

我站在漆黑的屋子里，四周一点儿声音都没有了。

没人愿意相信我。没人愿意跟我出去。

我该怎么办呢？

我想象着矮人把园子里剩下的蔬菜全都扯烂了。它们把芋头拔出来，把南瓜捣碎了。它们还会把麦考先生剩下的甜瓜，作为甜点吃掉。

我知道，我得做点儿什么。得赶紧！

我从明蒂的房间出来，快步跑下楼。我一把拉开前门，冲了出去。

我冲进了迷雾中。

我被淹没在厚厚的浓雾里。

外面好黑，在雾里什么也看不清。我感觉自己像是在一个黑色的梦里移动。那是个噩梦，除了灰色就是黑色。全都是影子。除了影子之外，什么也没有。

我慢慢向前挪动，仿佛是在水中行走。

我光着脚，感觉地上的青草湿湿的。浓雾里，我甚至连自己的脚都看不见了。

就像是个梦，一个沉重的、黑漆漆的梦境。那么多影子在晃动。那么寂静，寂静得可怕。

我在雾里接着向前。我已经完全迷失了方向。我是正在朝街上走吗？

"噢！"什么东西抓住了我的脚踝，我吓得大叫起来。

我拼命地踢腿，想挣脱出来。

可是，它把我抓得紧紧的。

还在把我往下拽。

拽进深深的黑暗当中。

一条蛇。

不，不是一条蛇。

是花园里的水管。那天晚上我浇过水之后，忘记把它盘起来了。

别吓唬自己了，乔。我告诉自己，你需要冷静。

我站起来，一摇一摆地向前走去。我仔细张望，想看清楚前面的路。

一个个黑影向我压下来，似乎要把我抓住。

我真想转身回去，回到屋子里去。我想爬回干爽舒服的床上去。

是的，我应该这么做，我打定了主意。

我慢慢转过身去。

这时候，我突然听到一阵沙沙声。

是轻轻的脚步声，就在离我不远的地方。

我仔细听着。

我又听见了那个声音。

脚步声，同雾一样轻。

我拼命喘气。我的心开始狂跳。我的脚下又湿又冷。一阵潮气顺着我的脚爬了上来。我全身都在战栗。

我听到一阵嘶哑的声音。是矮人吗？

我想转身，想在深深的黑暗中看个究竟。

可是，它从后面把我抓住了，它紧紧抱住了我的腰。

随着一声邪恶的、干巴巴的笑声，它把我向地上拖去。

16 "驼鹿"的玩笑

我一屁股跌倒在湿漉漉的地上。

同时，我又听到了那低沉的、邪恶的笑声。

我听出了那个声音。

"驼鹿?"

"吓坏你了吧!"他说。

他把我拉起来。在雾里，我依然能看见他得意的笑。

"驼鹿——你到这里来干什么?"我好不容易才说出话来。

"我睡不着觉。我一直听到有怪异的声音。我朝外面一望，就看到了你。你在这儿干什么呢，乔? 出来找麻烦来了?"

我甩掉手上的一根湿漉漉的青草。

"我才没有找麻烦呢，"我告诉他，"你得相信我。

看，那两个矮人，它们不见了。"

我指了指小鹿。

驼鹿也看见了，在原先矮人站着的地方，什么也没有了。

他盯着看了好长时间。

"你想骗我，是吗？"

"不是的，这都是真的。我得找到它们。"

驼鹿皱起眉头，看了看我。

"你做什么了？把那两个丑陋的家伙藏起来了？它们在哪儿？快点儿，告诉我！"

"我没有把它们藏起来。"我说。

"说吧，"他又说，弯下腰，把脸凑到我面前，"要不我就让你吃不了兜着走！"

驼鹿用他的大手往我胸口狠狠一推。我往后一仰，倒在湿湿的草地上。他坐在我肚皮上，把我的两条胳膊按在地上。

"快说！"驼鹿不肯松手，"告诉我，它们在哪儿！"

然后，他开始一下一下地往我身上坐。

"停下！"我喘着粗气，"快停下！"

他停下了，因为两家的房子都亮起了灯。

"噢，哇，"我低声说，"这下你的麻烦大了。"

我听到我家的门开了。一秒钟过后，驼鹿家的门也打开了。

我们呆住了。

"别出声，"我低声说，"说不定我们不会被他们发现。"

"谁在那儿?"传来了爸爸的声音。

"出什么事了，杰弗里?"我听见麦考先生喊道，"那儿怎么这么吵啊?"

"我不知道，"爸爸回答说，"我想也许是乔……"他突然没声了。

我们安全了，我心想。

我们藏在了雾里。

这时候，我听到轻轻的咔嗒声。手电筒长长的、细小的光束在院子里亮了起来。它照在我和驼鹿身上，停下了。

"乔!"爸爸大叫起来，"你在这儿干什么? 你刚才为什么不吱声呢?"

"驼鹿!"麦考先生低沉的声音也显得很生气，"给我过来，马上!"

驼鹿爬起来，跑回他们家去了。

我从草地上爬起来，这已经是今天晚上的第二次了。

我慢吞吞地走回屋里。

爸爸把双手紧紧叉在胸前。

"你一晚上把我们吵醒了两次！半夜里又偷偷溜出去！你到底是怎么了？"

　　"听我说，爸爸，我到外面去，只是因为矮人失踪了！你自己去看看，"我恳求他，"你就会明白了！"

　　爸爸眯起眼睛，瞪着我看。

　　"你这些矮人的故事已经玩得太过分了！"他责备我，"我听够了！现在给我回楼上去，要不我让你整个夏天都关在家里！"

　　"爸爸，我求你了。我这辈子还从来没这么认真过。你就去看看吧！"我哀求道，"求你了，求你了！"我又加上一句，"我不会再要求你别的什么了。"

　　我猜，这话终于说服了他。

　　"好吧，"他说，无可奈何地叹了口气，"不过，如果这真的又是一个玩笑……"

　　爸爸走到客厅边，透过窗户向雾里望去。

　　"矮人千万不要在院子里！"我在心中暗自祈祷，"千万要让爸爸看见，我说的都是真话。一定……"

17 矮人回来了

"乔，你说得没错！"爸爸说，"矮人真的不在那儿。"

他相信我了！终于相信我了！

我跳了起来，把拳头向空中挥去。

"耶！"我欢呼道。

爸爸伸出睡衣袖子，擦掉窗玻璃上的雾气，又向窗外望去。

"看，爸爸！你终于明白了！"我开心地说道，"我说的都是实话。我不是在开玩笑。"

"嗯。小鹿莱拉也不在那儿。"他轻声说道。

"什么？"我吃了一惊，感到胃里在翻滚。

"不，小鹿在那儿的！我刚才还看见了！"

"等等，"爸爸嘀咕了一句，"啊，它在那儿呢。它被雾给遮住了。还有矮人！它们都在。它们都在那儿呢。它

223

们是被雾给遮住了。明白吗?"

我向窗外望去。两顶尖尖的帽子在雾中现了出来。

两个矮人静静地立在黑暗中,在它们原来的地方。

"不——"我都快哭了,"我知道,刚才它们肯定不在那儿。我没有开玩笑,爸爸。我没有!"

"有时候雾能做出好笑的事儿。"爸爸说,"有一次,我开车穿过一片浓雾。我发现挡风玻璃外有个什么奇怪的东西。它圆圆的,闪闪发亮,好像是飘浮在半空中。哦,天哪,我心想,是UFO! 飞碟! 我不敢相信自己的眼睛!"

爸爸在我背上拍了拍。

"后来才发现,我看到的UFO,原来是拴在停车计时表上的一个银色气球。现在,乔,我们再回到矮人的问题上。"

爸爸的神情变得很严肃了。

"我不希望再听到任何疯狂的故事了。它们不过是草坪装饰,没别的。好吗? 什么都别说了。答应我。"

我还能说什么呢。

"我答应你。"我咕哝道。

然后,我拖着沉重的脚步回到楼上,上床睡觉了。

多么糟糕的一天啊,再加上一个晚上。

爸爸觉得我是个骗子。我们的西红柿也全完了。驼鹿再也不能跟我一起玩了。

接下来还会出什么事吗？

第二天早上醒来，我感觉肚子里沉甸甸的，就好像是吞下了一碗水泥。

我心里只想着矮人。

两个可怕的矮人，它们在破坏我的暑假，它们在破坏我的生活！

把它们忘了吧，乔，我对自己说，还是忘了吧。

无论如何，今天我一定要过得比昨天好。应该不会更糟糕了。

我从卧室的窗户望出去。

一轮红彤彤的太阳，让大雾的痕迹消失得无影无踪。巴斯特在草地上，睡得很安宁。拴住它的白色长绳，弯弯曲曲地躺在地上。

我看了一眼麦考家的房子。

也许驼鹿已经在院子里帮他爸爸干活了，我心想。

我从窗口探出去头，想要看个仔细。

"噢，不——"我大叫了一声，"不！"

18 矮人行动了

麦考先生的红色吉普车上，泼上了一片片的白色油漆。

车顶、车篷、车窗。吉普车上到处都是油漆。

这回麻烦可真够大的了，我心想。

我套上一条牛仔裤，还有昨天穿过的T恤衫，赶紧跑到了外面。我在车道上看见了驼鹿。他在围着吉普转圈，牙咬得紧紧的，不停地摇头。

"难以置信，是吗?"他看着我说，"我爸爸看见的时候，简直发狂了!"

"他为什么没把车停进车库里呢?"我问。

他们家的车库能停下两辆车。麦考先生总是把车子停进车库的。

驼鹿耸了耸肩:"妈妈在清理地下室和阁楼，准备把一些旧东西卖掉，她往车库里堆了好多的箱子。所以，昨天晚上，爸爸只好把车停在车道上了。"

驼鹿拍了拍吉普车的车顶："油漆还没干，来摸摸。"

我摸了摸，果然是黏的。

"我爸爸正在气头上呢！"驼鹿说，"一开始，他认为是你爸爸干的，因为那些西红柿。所以，他把警察都叫来了。他说，他不会善罢甘休，直到把做这事的人送进监狱！"

"他说什么？"我问。

我的嘴突然干得像棉花："驼鹿，只要警察开始调查，他们就会把事情怪到我们俩头上！"

"怪我们俩？你疯了吗？他们为什么要怪到我们头上？"他问。

"因为昨天晚上，我们俩都在外面！"我说，"而且大家都知道了！"

驼鹿棕色的眼睛里，闪动着害怕的目光。

"你说得对，"他说，"那我们该怎么办？"

"我不知道。"我难过地说。

我在麦考家的车道上走来走去，痛苦地思索着。

我光着脚，沥青在我脚下感觉暖暖的，黏黏的。

我走到草地上。

我忽然注意到一道白线，那是由一滴滴白色的油漆连

227

起来的。

"嘿，看这是什么？"我叫道，

顺着油漆的痕迹，我跟了过去。

油漆越过牵牛花，一直连到我家院子的角落里。

在矮人站着的地方，油漆的痕迹消失了。

"我知道了！我知道了！"我大声喊道，"驼鹿，快看这些油漆。是矮人把油漆泼到你们家车上的！还有周围别的坏事，都是它们干的！"

"草坪矮人？"驼鹿说，"乔，你算了吧，没人会相信你。你为什么还不放弃呢？"

"想想这些证据！"我说，"矮人嘴里的甜瓜子，这条油漆的痕迹，我还在它们指头上发现了黑墨水，就在你爸爸的甜瓜被画上笑脸之后！"

"太奇怪了，"驼鹿咕哝道，"太奇怪了。可是，草坪矮人就是草坪矮人，乔。它们不可能到处跑来跑去搞恶作剧。"

"要是我们能证明是它们干的呢？"我提议。

"什么？我们怎么才能证明呢？"

"把它们当场抓住。"我回答说。

"啊？这太疯狂了，乔。"

"来吧，驼鹿。我们今天晚上就行动。我们偷偷溜出来，藏在房子边上，监视它们。"

驼鹿摇了摇头。

"不行,"他回答说,"昨天晚上,我的麻烦就已经够大的了。"

"要是等警察调查结束,你想想自己的麻烦又会有多大呢?"

"好吧,好吧。我答应你,"他嘟囔道,"可是我觉得,我们不过是在浪费时间。"

"我们要抓住这两个矮人,驼鹿,"我告诉他,"趁我们还有机会。"

啊!

我的闹钟!它响个不停!

现在,已经差不多快到午夜了。我已经晚了。

我答应过驼鹿,十一点半在外面跟他碰头的。

我跳下床,身上的牛仔裤和T恤衫都没脱。我抓起鞋子,跑到了外面。

没有月亮,也没有星星。前院的草坪笼罩在黑暗中。

院子里静悄悄的。有点儿太安静了。

我到处寻找驼鹿。可是,哪儿都没有他的踪影。

可能见我没有出现,他已经回屋去了。

我现在该怎么办呢?我一个人在外面还是回床上睡觉去?

什么东西在灌木丛里沙沙作响。我吓了一跳。

"乔，乔，在这儿呢。"驼鹿的声音很响。

他的脑袋从我们家常青灌木丛后面冒了出来。他在招手，让我过去。

我悄悄溜到了他身边。

驼鹿在我胳膊上狠狠捶了一下。

"我还以为你害怕，不来了呢。"

"不可能!"我说，"这可是我提出来的主意。"

"是啊，你疯狂的主意，"驼鹿回答，"我真不敢相信，大半夜的，我会躲在灌木丛后面，监视两个草坪装饰。"

"我知道这听起来很疯狂，可是——"

"嘘——你听到什么了吗?"驼鹿打断了我。

我听到了，像一个什么东西发出的摩擦声。

我探进灌木丛，拨开密密的绿色枝条。

树枝像针一样，扎在我手上和胳膊上。

我连忙把胳膊缩回来。可是已经太晚了。

两根针叶已经扎进了我的手指，血从我手指上滴落下来。

那个声音离我们更近了。

我的心怦怦直跳。

越来越近。

我和驼鹿呆坐在原地，都害怕地望了望对方。

我一定得看看。

我得知道，那声音是什么发出来的。

我分开针一样的树叶，透过枝条望去。两只小小的眼睛在发光，它们也在看我！

"有了，驼鹿！有了！"我叫道。

驼鹿从灌木丛后跳出来——刚好看见那东西逃走了。

"是只浣熊！就是只浣熊！"

我长叹了一口气："对不起，驼鹿。"

我们在原地又坐了下来。每隔几分钟，我们就分开树枝，看看矮人。我的胳膊被针叶扎得好难受。

可是，矮人始终都没有动。它们笑盈盈地站在黑暗中，穿着它们丑陋的衣服，戴着它们尖尖的帽子。

我呻吟了一声。我的腿都有些僵硬了。

驼鹿看了看手表。

"我们已经出来两个多小时了，"他说，"那两个矮人哪儿也没去。我要回家了。"

"再等一会儿吧，"我求他，"我们会抓住它们的。我知道，肯定会的。"

"你是个好人，"驼鹿已经不知道多少次分开树丛了，"所以我不愿意告诉你这个，乔。可是，你疯狂得像个——"

他的话还没有说完，嘴却合不拢了。

他的眼睛都快从他的大脑袋上蹦出来了。

我透过树丛看去，刚好看见矮人活了过来。

它们在头顶上伸展着胳膊，拍了拍脸蛋。

它们又晃了晃腿，整了整衣服。

"它们……它们动了!"驼鹿叫了起来。

他叫得太响了。

这时候，我失去了平衡，栽进了树丛里。

我知道，它们一定看见我们了。

现在怎么办?

19 跟踪矮人

"不！噢，伙计，不要啊！"驼鹿低声说道。

他把我拉起来。

"它们在动，它们真的在动！"

透过树丛望去，我们俩都怕极了。

矮人弯了弯膝盖，站起身来了。

接着，它们动作僵硬地向前迈出一步，然后又迈了一步。

我是对的。

我猜到了，它们是活的。

活生生的草坪矮人！

它们正向我和驼鹿走来。

我告诉自己，我们得马上逃走。

我们得离开这地方。

可是，两个活生生的草坪矮人，让我们无法将目光从它们身上挪开！

低低的树梢上，突然出现了一轮满月。

前院的草坪亮了起来，就好像有人点亮了一盏灯。

两个矮胖的身影，晃动着胖乎乎的胳膊，开始跑了起来。它们尖尖的帽子划破夜空，仿佛鲨鱼的鱼鳍。

它们挪动着短腿，摇摇晃晃地向我们跑来。

我和驼鹿同时跪倒在地，想要躲藏起来。

我浑身都在发抖，连树丛都跟着我一起摇晃！

矮人跑过来。

它们已经离我们很近了，我甚至已经能看见它们发红的、邪恶的目光，还有邪恶的笑容下露出的牙齿了。

我的拳头攥得紧紧的，攥得双手生疼。

它们要把我们怎么样？

我闭上眼睛，却听到它们从我们身边跑了过去。

我听到了咚咚的脚步声，还有喘气声。

我睁开眼，发现它们正穿过水泥路面，绕到房子的侧面去了。

"驼鹿，它们没有发现我们！"我高兴地说。

我们俩互相搀扶着站起身来。

我感到有点儿头晕，黑暗的地面仿佛在旋转。

我的腿软得像果冻。

驼鹿擦了一把眉毛上的汗水。

"它们去哪儿了?"他低声问。

我摇了摇头:"我也不知道,不过我们得跟上它们。快来。"

我们互相竖了一下大拇指,从躲藏的地方走了出来。我走在前面。

我们穿过水泥路面,走过门廊,向房子边上走去。

听到它们沙哑的声音,我停下了脚步。它们在低声谈论什么,就在我们前面。

驼鹿抓住我的肩膀,露出了吃惊的眼神。

"我们赶紧离开这儿,马上!"

我回过头。

"别走!"我恳求道,"你得留下来,帮我抓住它们。我们得让爸爸妈妈知道,这儿究竟发生了什么。"

他长叹了一声。

像驼鹿这么高大、这么坚强的人也跟我一样害怕,这让我感觉好了一些。终于,他点了点头:"那好吧,我们去抓住它们。"

沿着房子的阴影,我们绕到了后院儿。院子中央,我看见了巴斯特。它已在狗屋旁边睡熟了。

接着,我看见了两个草坪矮人。

油漆匠把一堆油漆、刷子和遮布留在了车库旁边。两个矮人正猫在那儿做着什么。

我和驼鹿看见哈普和奇普挑了两桶黑色油漆，用胖胖的手指撬开了盖子。

两个矮人咯咯地笑着，把油漆桶向后一扬，向我家房子的侧面扔了出去。黑色的油漆在刚漆好的白色外墙上溅开了，然后顺着墙往下淌，留下几条长长的痕迹。

我差点儿尖叫起来，好在连忙用手捂住了嘴。

我就知道。我一直都知道。

可是，就没有人相信我，草坪矮人才是所有问题的罪魁祸首。

草坪矮人又回到车库边，去取更多的油漆。

"我们得阻止它们，"我低声对驼鹿说，"可是，用什么办法呢？"

"我们就过去抓住它们好了，"驼鹿建议，"从后面抓住它们，把它们制伏。"

听起来够简单的了。

毕竟它们个头不大，比我们要小。

"好吧，"我回答，胃里却在翻江倒海，"然后我们把它们拖进屋去，告诉爸爸妈妈。"

我深吸一口气，屏住了呼吸。我和驼鹿慢慢向前挪去。

越来越近，越来越近。

真希望自己的腿别抖得那么厉害!

更近了!

这时候,我看到驼鹿摔了下去。

他向前一扑,重重地摔在地上,大叫了一声。

我很快就明白了,原来他被拴巴斯特的绳子绊住了。

他挣扎着想站起来,可是他的脚踝被绳子缠住了。

他伸出双手,在脚上用力扯了扯。

这时候,巴斯特醒了。

"汪汪! 汪汪!"巴斯特一定是看到了两个草坪矮人,因为它狂吠起来。

矮人猛地回过身。

它们的眼睛盯住了我们。在明亮的月光下,它们的面孔变得愤怒而无情。

"别让他们跑了!"奇普吼道,"抓住他们!"

20 矮人抓了明蒂

"快跑!"我大叫。

我和驼鹿向前门奔去。

巴斯特还在狂吠。

在狂吠声中,我听到还有尖利的笑声。两个草坪矮人向我们追来,一边追,一边还在哈哈大笑。

它们的脚踏在草地上,发出很响的声音。我回头瞥了一眼,看到它们的短腿动得飞快,快得都看不清了。

我拼命向前跑,上气不接下气,从房子边绕了过去。

我听到,两个草坪矮人尖尖的笑声正向我们逼近。

"救命!"驼鹿大叫,"有人吗,救命啊!"

我的嘴张得老大,拼命地喘着粗气。

它们还在向我们逼近。

我知道,我还得跑快点儿。可是,我的腿却突然觉得

238

像被灌了铅一样，沉甸甸的。

"救命啊!"驼鹿大喊。

我看了一眼房子。为什么没有一个人被惊醒呢?

我们从房子旁边跑过，接着向前跑去。

为什么哈普和奇普会那样笑呢?

因为它们知道，一定能抓住我们吗?

我突然感到腿部一阵刺痛："噢，不!"我腿抽筋了。

我感到驼鹿伸手拉住了我。

"别慢下来，乔。快跑!"

我感觉双腿越来越痛了，就像是刀扎了一样。

"跑不动了……"我气喘吁吁地说。

"乔——接着跑! 别停下!"驼鹿大声对我说，拖着我拼命向前跑。

可是，我倒在地上，捂住了痛处。

完了，我心想，我要被它们抓住了。

就在这时，门开了。门廊上的灯亮了起来。

"这儿是怎么了?"一个熟悉的声音响了起来。

是明蒂。

她走出来，紧了紧粉红色睡袍的腰带。

她向黑暗中四处张望。

"明蒂!"我喊道，"明蒂——当心!"

可是已经太迟了。

两个草坪矮人抓住了她。

它们大声笑着，把她的胳膊扭到了背后。

草坪矮人把她从门廊的台阶上拖下来，把她抬到了街上。

21 恶作剧小精灵

明蒂挥舞着胳膊，腿在空中乱踢。

然而，看起来笑呵呵的草坪矮人，力气却大得惊人。

"快救救我！"明蒂对我和驼鹿喊道，"别光站在那儿呀，快来救我！"

我使劲咽了一下口水。我身上的痛已经感觉不到了。

我和驼鹿谁也没说一个字，拔腿追了过去。

它们已经把明蒂抬到了街上。它们的脚重重地拍打在水泥路面上。

街灯下，我看见明蒂还在拼命挣扎。

我和驼鹿冲出了车道。

"把她放下！"我气喘吁吁地喊道，"放下我姐姐——马上！"

更多的笑声传来。

它们飞快地跑过了麦考家，又跑过了另外两幢房子。

我和驼鹿跟在后面狂追，一面大叫，让它们停下。

这时候，让我们惊讶的是，它们真的停下了。

它们把明蒂放下了，放在了一片高高的篱笆投下的阴影中。

它们转过身来。

"我们并不想伤害你们。"奇普说。

草坪矮人的表情变得严肃了。它们的目光炯炯有神，望着黑暗中的我们。

"我真不敢相信！"明蒂扯了扯睡袍，大叫道，"这太疯狂了！太疯狂了！"

"还用你说。"我嘟囔道。

"请听我们说。"哈普激动地说。

"我们不想伤害你们。"奇普又说了一遍。

"不想伤害！"明蒂尖叫道，"不想伤害！你们刚把我从家里拖出来！你们……你们……"

"我们只是想引起你们的注意。"哈普轻声说。

"是吗，那你们已经做到了！"明蒂大声嚷嚷。

"我们不想伤害你们。"奇普又重复了一遍，"请相信我们。"

"让我们怎么相信你们？"我终于开了口，"看看你们做了多少坏事。你们把花园全毁了！你们把油漆泼得到处

242

都是！你们——"

"我们也没办法。"哈普打断了我的话。

"我们没办法控制自己，"奇普也说，"要知道，我们是恶作剧小精灵。"

"你们是什么？"明蒂说。

"我们是恶作剧小精灵。我们专门搞恶作剧，这就是我们活着的目的。"哈普解释说。

"世界上哪儿有恶作剧，哪儿就有我们，"奇普接着它的话说，"恶作剧就是我们的工作，我们控制不了自己。"

它弯下腰，从路边掰下一块水泥来。然后，它打开我们身边的信箱，把水泥块扔了进去。

"看到了吗？我没法控制自己。无论走到哪儿，我都得这样。"

哈普咯咯地笑了："没有了我们，世界就会变成一个无聊的地方，不是吗？"

"那样才好呢！"明蒂说，她双臂交叉，抱在了胸前。

驼鹿还是一句话都没说。他只是站在那里，盯着两个会说话的草坪矮人。

哈普和奇普撅起了嘴。

"请不要伤害我们的感情，"奇普用沙哑的声音说，"我们的生活并不容易。"

"我们需要你们的帮助。"哈普说。

"是想让我们帮你们搞恶作剧吗?"我叫道,"没门儿!你们已经给我带来很大的麻烦了!"

"不,我们需要你们的帮助,帮我们获得自由,"奇普一本正经地说,"请你们听听我们的故事,相信我们。"

"听听故事,相信我们。"哈普说。

"本来,我们住在离这儿很远的一个农场,"奇普说,"在一片幽深翠绿的树林里。我们看守矿藏,保护树木。我们搞的恶作剧都是没有恶意的,而且,我们也做了很多好事。"

"我们是很勤劳的,"哈普挠着头对我们说,"我们在森林里,生活得很幸福。"

"可是后来,矿藏采光了,森林也被砍光了,"奇普接着说,"我们都被抓起来,被绑架,被迫远离家乡。我们被运到你们的国家,被强迫做草坪装饰。"

"像奴隶一样,"哈普悲伤地摇了摇头,"被迫整日整夜地站在那里。"

"那不可能!"明蒂叫道,"难道你们不觉得无聊吗?你们怎么可能站着一动不动呢?"

"我们进入了一种精神恍惚的状态,"奇普解释说,"时间就这样过去,连我们都不知道。到了晚上,我们就又清醒过来了,到处去做我们的工作。"

"你是说搞恶作剧!"我说。

它们一齐点了点头。

"可是，我们想要自由，"哈普接着说，"要到我们想去的地方，选择我们喜欢的地方生活。我们希望，能够找到另一片森林，让我们自由自在地生活。"

两个小矮人胖乎乎的脸庞上，滚下了几行泪珠。

奇普叹了一口气，抬起眼睛："你们会帮助我们吗？"

"帮你们什么？"我问。

"帮助我们和我们的朋友们逃走。"奇普回答。

"我们还有另外六个同伴，"哈普说，"它们被锁在了地下室里，就在你们把我们买来的商店里。我们需要你们的帮助，去把它们救出来。"

"我们能从地下室的窗户爬进去，"它的朋友接着说，"可是我们个儿太矮，进去了就再也爬不出来了。我们也够不着门把手，没法自己开门出来。"

"你们能帮助我们逃走吗？"哈普哀求我们，扯了扯我T恤衫下面，"你们只要爬进地下室，然后帮我们的六个朋友从地下室爬上来就行了。"

"求你们帮帮我们吧，"奇普也恳求我，眼中含满了泪水，"然后，我们就会离开这里，到辽阔的森林里去。我们再也不对你们搞恶作剧了。"

"我觉得这样不错！"明蒂说。

"这么说，你们同意了？"哈普尖声说。

它们一起使劲扯我们，发出尖尖的声音："求求你们，求求你们，求求你们了！"

　　我、驼鹿还有明蒂交换了一下眼色，都拿不定主意。

　　我们该怎么办呢？

22 矮人的请求

"求求你们，求求你们，求求你们了。"

"咱们就帮它们一把吧。"驼鹿终于开口了。

我看了看明蒂。通常，我是不会征求她的意见的。

可她毕竟是我们中年纪最大的。

"你觉得呢?"

明蒂咬着下嘴唇。

"嗯，想想巴斯特，它是多痛恨被拴起来，"她说，"它希望每天都自由自在。我想，所有的东西都有权利得到自由。草坪矮人也是这样。"

我扭头看着草坪矮人。"我们决定了!"我说，"我们会帮助你们的。"

"谢谢你们! 谢谢你们!"奇普高兴地叫了起来，它伸出胳膊，拥抱哈普，"你们不知道，这对我们意味着什

么！"

"谢谢你们！谢谢你们！谢谢你们！"哈普的声音尖尖的，它跳到空中，把靴子的后跟儿碰在一起，"快！我们走吧！"

"马上吗？"明蒂说，"可现在是半夜！不能等到明天吗？"

"不，求你们了，就现在。"哈普坚持。

"趁现在天黑，"奇普也说，"而且商店也关门了。求你们了，赶紧去吧。"

"我还没穿衣服呢，"明蒂回答，"我现在真的没法儿去。我觉得——"

"我们待的时间越长，就得搞越多的恶作剧。"奇普故意眨了眨眼睛。

我当然不希望这样的事情再发生。

"我们现在就去吧！"我说。

于是，沿着黑漆漆的街道，我们五个悄悄地向山上走去，走向"美丽草坪"商店。

哇，我感觉太古怪了！大半夜的，我们几个居然和两个草坪装饰品在一起！我们居然要闯进一家商店，把更多的草坪矮人放出来！

白天，那幢粉红色的老房子看上去就已经够奇怪的了。而在夜里，它就更加让人感到怪异了。所有的草坪动物——小鹿、海豹、火烈鸟，都在黑暗中瞪着我们，它们的眼神是那么呆滞，那么没有生气。

它们会不会也是有生命的呢？我心想。

哈普好像读懂了我的心思。

"它们只是些装饰品，"它笑笑说，"别的什么也不是。"

两个矮人很激动，它们飞快地穿过宽宽的草坪，绕到安德森太太房子边。我、驼鹿和明蒂跟在它们身后。

明蒂的手冰凉，把我的胳膊抓得紧紧的。

我的腿还有些发抖。我的心跳得很快——但并不是因为害怕，而是因为激动。

哈普和奇普指了指低低的、长长的窗户，它通向地下室。

我跪下来，向里望去。

一片漆黑。

"你肯定，其他的矮人都在这下面？"我问。

"嗯，我肯定，"奇普急切地说，"六个都在，就等我们来救它们了。"

"请抓紧时间，"哈普求我，把我轻轻推到窗边，"赶在那个老女人被惊醒之前。"

我趴在敞开的窗户边，蹲下了身子。

我回头看了看姐姐和驼鹿。

“我们跟在你后面。”驼鹿低声说。

“我们赶紧去把它们救出来吧。”明蒂催我。

“那我下去了。”我轻声说道。

我把手指交叉在一起默默地祈祷着，随后滑进了黑暗中。

23 六百个草坪矮人

我翻过窗框，跳到了地上。几秒钟过后，我听到驼鹿和明蒂也滑了进来。

四周漆黑一片，我四处张望，却什么也看不见。

我舔了舔干干的嘴唇，用力在空气中闻了闻。

有一股很强烈的味道，酸酸的，像是醋味，充满了潮湿闷热的地下室。

汗味儿，我心想。一定是草坪矮人的汗味儿。

我听到，从外面传来咯咯的笑声，声音很低。

奇普和哈普从窗框中飞了进来，砰砰两声落在地上。

"嘿，伙计们——"

可是，他们已经跑进了黑暗之中。

"这儿究竟是怎么了？"驼鹿问。

"我们得找到电灯开关。"明蒂轻声说。

可是，还没等我们动，顶上的灯一下子全亮了。

突然亮起的灯光照得我睁不开眼。

望向宽敞的地下室，我不禁倒吸了一口冷气——我看见，这里有数不清的草坪矮人！

不是六个！而是六百个！一排挨着一排，互相挤在一起，全都望着我们三个人。

"哇!"驼鹿叫起来，"这么多!"

"我们被哈普和奇普骗了!"我嚷嚷。

它们的衣服有各种各样的颜色，可是所有的草坪矮人都长得一模一样。它们都头戴尖尖的帽子，系着黑腰带。它们的红眼睛一眨不眨，宽大的扁鼻子，傻笑着咧开的嘴，还有尖尖的耳朵。

一下子见到这么多丑陋的家伙，我吓了一大跳。

我花了好一会儿，到处找哈普和奇普。终于，我在屋子边上看到了它们。

哈普把手掌拍了三下。

然后又是三下。

短促、尖利的掌声在地下室里回荡。

一群矮人都活了过来，伸展着胳膊，咯咯笑着，发出尖利、激动的声音。

明蒂抓住了我的胳膊："我们得从这儿出去。"

在矮人唧唧喳喳的说话声和咯咯的笑声中，我听不清她在说什么。

我抬头看了看地下室的窗户。它突然显得那么的高、那么的远。

我回过头，哈普和奇普已经跑到了我们跟前。

它们拍响手掌，让所有矮人注意。

几百个矮人立刻安静了下来。

"我们已经把年轻的人类带来了！"哈普宣布，开心地笑了。

"我们实现了我们的诺言！"奇普说。

一阵笑声、欢呼声。

接着，让我感到害怕的是，矮人们开始向我们走来，它们的眼里闪烁着兴奋的光芒。

它们向我们伸出胖胖的胳膊。尖尖的帽子一起一伏，向我们逼近，仿佛一群鲨鱼，准备发动进攻。

我、明蒂和驼鹿向后退去。一直退到了墙边。

矮人将我们包围在中间。它们的小手戳戳我的衣服，拍拍我的脸，扯扯我的头发。

"住手！"我尖叫，"走开！走开！"

"我们是来帮助你们的！"我听到明蒂在尖叫，"请别……我们是来帮你们逃走的！"

笑声更响了。

"可我们并不想逃走！"一个笑盈盈的矮人说，"现在有你们在这儿，真是太好玩了！"

24 矮人的囚犯

好玩？

它说好玩，是什么意思？

哈普和奇普挤过一群矮人，走到我们跟前。

它俩一齐拍了拍手，让大家安静下来。

地下室里立刻静了下来。

"你骗了我们！"明蒂冲两个矮人尖叫，"你骗了我们！"

它们咯咯地笑了，算作回答。两个矮人开心地互相拍了拍肩膀。

"我真不敢相信，你们会相信我们编的伤心故事。"哈普摇了摇头说。

"我们都已经告诉过你们了，我们是恶作剧小精灵，"奇普讥笑说，"你们应该清楚，我们是在搞恶作剧！"

"伙计们，真是个不错的玩笑，"我说，硬从嗓子里挤出一阵干笑，"你骗过了我们。很不错。现在让我们回家去，好吗?"

"对啊，让我们回家去!"驼鹿也说。

整个地下室爆发出一阵大笑。

哈普摇了摇头。

"可我们的恶作剧才刚刚开始!"他宣布。

又是一阵欢呼声和笑声。

奇普转身面对着激动的矮人们。

"几个可爱的囚犯，我们应该对他们做点儿什么呢?大家有什么好主意?"

"让我们看看，他们能不能反弹起来!"后面的一个矮人在什么地方喊道。

"对! 让他们反弹!"

"弹球比赛!"

"不——让他们在墙上弹，弹起来然后抓住!"

更多的笑声响起。

"不! 把他们叠成小方块儿! 我最喜欢把人类叠成小方块儿了!"

"不错! 折叠比赛!"另一个矮人喊道。

"叠起来! 叠起来! 叠起来!"几个矮人有节奏地唱了起来。

"挠他们痒痒!"一个前排的矮人提议。

"不停地挠他们几个小时!"

"挠痒痒! 挠痒痒! 挠痒痒!"

它们兴奋的叫声响彻了整个屋子。

"叠起来! 叠起来! 叠起来!"

"挠痒痒! 挠痒痒! 挠痒痒!"

"弹球! 弹球! 弹球! 弹球!"

我看了看驼鹿,他正盯着欢呼的矮人,吓得不知所措了。他的眼睛都快瞪出来了,下巴也在发抖。

明蒂紧贴在墙上。她的金发散落在额头上,双手紧张地塞进了睡袍的口袋里。

"我们怎么办?"她使出全身力气,压过闹哄哄的声音对我喊道。

突然,我有个了主意。

我把胳膊高高举过了头顶。

"安静!"我尖叫了一嗓子。

屋子里顿时安静下来了。几百双红红的眼睛盯住了我。

"放我们走!"我命令道,"要不然,我们三个就拼命尖叫。我们会吵醒安德森太太,然后,她马上就会到地下室来救我们!"

沉默。

我吓住它们了吗？

没有。

矮人们爆发出了更响的笑声，笑声中充满了轻蔑。

它们互相拍着肩膀，嗷嗷大叫，笑个不停。

"你得想个更好的办法!"哈普笑盈盈地看着我，"谁都知道，安德森太太什么都听不见!"

"你们就叫吧，"奇普说，"随你们怎么叫。我们最喜欢听人类大叫了。"

它看了看哈普，两个矮人互相拍了拍肩膀，倒在地上，开心地大笑，两腿在空中乱踢。

宽敞的地下室里，欢呼声又响了起来。

"挠痒痒! 挠痒痒! 挠痒痒!"

"叠起来! 叠起来! 叠起来!"

"弹球! 弹球! 弹球! 弹球!"

我长叹一声，扭头看了看我那被吓坏了的姐姐和朋友。

"我们完了，"我嘟囔道，"我们没机会了。"

25 大狗巴斯特在窗外

"拔河比赛！拔河比赛！"

屋子后面又响起了一个新的声音，迅速传到了前排。

"耶！"哈普和奇普开心地喊了一声。

"最佳恶作剧！"哈普嚷嚷。

"拔河比赛！我们来拔他们，把他们拉长！"奇普叫道。

"拉长！拉长！"

"拔河！拔河！"

"乔，我们怎么办呀？"我听到明蒂惊恐的声音。

快想办法，乔。我催自己。

快想办法！一定会有办法，能让我们逃出这地下室。

可是，我感到头昏眼花。

我的脑子就像一团糨糊。

"拉长！拉长！"

"叠起来！叠起来！叠起来！"

"挠痒痒！挠痒痒！挠痒痒！"

突然，在矮人的尖叫声中，我听到了一个熟悉的声音。

是狗叫的声音。

是巴斯特在叫。

"巴斯特！"明蒂高声说道，"我听到它的声音了！"

"我……我也听见了！"我大声说，抬头向高处的窗户望去。

"它跟我们到这儿来了！它一定就在外面！"

这时候，我真希望巴斯特会说话。

我希望它能跑回家，告诉爸爸妈妈，我们遇到了很大的麻烦。

可是，它只会叫。难道……它还会别的什么吗？

我忽然想起来，以前当巴斯特走近时，哈普和奇普就怕得跟什么似的，满脸都是恐惧。

我心中闪过一线希望。

说不定草坪矮人怕狗。

说不定，巴斯特能唬住它们，让它们放了我们。

说不定，它还能把它们吓蒙，进入精神恍惚的状态。

我向姐姐身边靠了靠，背贴在了墙上。

"明蒂，我觉得草坪矮人怕巴斯特。要是我们把它唤到这儿来，它兴许能救我们。"

我们没有犹豫。

三个人一齐朝窗户大叫起来："巴斯特！巴斯特！到这儿来，伙计！"

在草坪矮人的吵吵声中，它能听见我们吗？

没错！

它的大脑袋在窗户上向下望着我们。

"好孩子！"我叫它，"快到这儿来，下来，巴斯特！"

巴斯特张开嘴，它粉红的舌头从嘴里伸出来。它开始呼哧呼哧地喘气。

"乖狗狗！"我低声喊它，"好狗狗，到下面来，快点儿！来呀，伙计！快来，巴斯特！"

巴斯特把头探进窗户，打了一个哈欠。

"下来，巴斯特！"明蒂冲它说道，"下来呀，伙计！"

它把脑袋缩了回去，在外面的地上趴了下来，脑袋也放在了爪子上。

"不，巴斯特！"我在嘈杂声中大声喊道，"来呀，伙计！别躺下！快来，巴斯特！快来！"

"汪汪——"它又把脑袋探进了窗户。探得越来越多，越来越多了。

"太乖了！来吧！"我恳求道，"再来一点儿……再来一点儿。要是你下来，我以后每天喂你五次。"

巴斯特竖起头，嗅了嗅地下室里闷热潮湿的空气。

我把手向它伸了出去。

"求你了，巴斯特。你是我们最后的机会。来呀——快来！到下面来。"

让我绝望的是，巴斯特又把脑袋缩了回去。

它转过身。

跑开了。

26 没有声音的狗哨

　　明蒂和驼鹿齐声叹了口气，失望极了。

　　"巴斯特把我们抛弃了。"明蒂低声说，她的肩膀无力地垂了下来。

　　驼鹿跪倒在地板上，不停地摇头。

　　"蹦床！蹦床！"喊声又变了。

　　哈普笑呵呵地看看我："也许我们能把你们当成蹦床！那样子太好玩了！"

　　"让我们来投票决定吧！"奇普说，迫不及待地搓着两只胖乎乎的手。

　　"蹦床！蹦床！"

　　"拔河！拔河！"

　　我用双手堵住耳朵，想挡住那尖尖的声音。

　　安静。让我安静下来，我心想。

安静。

这两个字，让一个主意在我脑子里冒了出来。安静。巴斯特的狗哨就是没有声音的！突然，我知道该怎么把巴斯特叫回来了！

"明蒂！"我大声说道，"狗哨！我每次一吹狗哨，巴斯特都会乖乖过来！"

明蒂抬起头，眼前一亮。

"对呀！"她叫道，"快吹呀，乔！"

我把手伸到T恤衫下面去抓闪闪发光的金属哨子。我的手心里全是汗，哨子有些滑。一定得成功，我告诉自己。

我一定得把巴斯特召唤回来。

我把狗哨掏了出来。

"狗哨！"几个矮人惊呼起来。屋子里顿时安静了。我把狗哨举到嘴边。

"赶紧——快吹呀！"明蒂尖叫道。

让我没有想到的是，哈普和奇普飞身向我扑了过来。它们跳起来，对准我手上的哨子拍去。哨子脱手飞了出去。

"不！"我绝望地喊道。

我伸出手，向空中胡乱抓去。

可是，它翻了个个儿，掉在地上，在地下室的地板上滑开了。

27 争夺大战

我、明蒂和驼鹿三个人一齐向哨子扑了过去。

然而，矮人们的动作却比我们更快。一个穿浅蓝色衬衣的矮人抓起了哨子，把它紧紧握在自己的小拳头里。

"我拿到了！"

"不，你没有！"驼鹿大喊一声。他高高跃起，向矮人扑了过去。他抱住了矮人的膝盖。矮人发出一声惊叫，倒在了地上。哨子从他手里飞了出去。

哨子在地上一弹，又向我飞了过来。

我一把抢过来，把它放在嘴边。三个矮人跳上我的肩膀，笑着，发出唧唧喳喳的声音。

"不！"它们把哨子从我手上打了出去，我一声大叫。我倒在地上，被三个矮人压在身下。我好不容易才挣脱它们，从地上爬了起来。我的眼睛到处寻找哨子的踪影。

我看到好几个矮人向地上扑去，它们在抢夺哨子。

一英尺远的地方，驼鹿被四五个矮人缠住了，正与它们混战在一起。明蒂也在对付另外几个矮人，她的腿和腰被几只小手抓住，无法向前。

这时候，我看到哈普高高地把哨子举在了手中。

矮人们都往后退，在它四周让出一个圈子。他把哨子放在了身前的地上，然后高高地抬起脚。他要把哨子踩坏！

"不——"我嗓子里又冒出一声大吼。

我拼命向前扑去，一半是在爬，一半是在飞。就在哈普沉重的石膏腿落下的时候，我把手向前一伸。

我的手胡乱地抓了一下。

我抓到了哨子。

哈普的脚砰的一声踩在地上，幸好我及时滚开了。

好悬，我的脑袋离它的脚只差几英寸。

我坐起来，把哨子举到了嘴边。

我用尽全力吹了起来。

接下来会怎样呢？

哨子能救我们吗？

巴斯特会回来救我们吗？

28 草坪大猩猩

我又吹了吹悄无声息的哨子。

我扭头去看窗户。

巴斯特，你在哪儿?

矮人的心中，一定也在问和我同样的问题。因为它们也站在原地，呆住了。

兴奋的言语声、笑声还有叫喊声，一下子全都没有了。

我只能听见自己急促的呼吸声。

我抬头看了看窗户。

窗框黑糊糊的，不见巴斯特的影子。

"嘿——"听到驼鹿的喊声，我回过头。

"快看它们!"驼鹿的声音在寂静中回荡。

"看呀，它们都僵住了!"明蒂也说。

她用两手抓住面前一个矮人的红帽子，把它往旁边一推。

它哗啦一声，倒在了地上，一动不动，只是一堆冷冰冰的石膏。

"我不明白！"驼鹿挠了挠他的一头短发。

我还把狗哨紧紧抓在手里。

我在地下室里转了转，四处察看僵住的矮人，然后推倒它们。

我真喜欢这样的寂静。

"它们又回到了精神恍惚的状态。"明蒂咕哝道。

"可究竟是怎么变成这样的呢？"驼鹿问，"巴斯特并没有出现。要是它们没有被狗吓住，又为什么会僵住呢？"

突然，我有了答案。

我举起哨子，又吹了一下。

"都是因为哨子，"我说，"不是因为巴斯特。原来我搞错了，它们怕的是哨子，而不是狗。"

"那我们赶紧离开这儿吧，"明蒂低声说，"我这辈子再也不想见到草坪矮人了。"

"等我回去告诉爸爸妈妈！"驼鹿说。

"什么！"我叫起来，抓住了他的肩膀，"我们不能跟任何人说起这事，一定不能！"

"为什么不能？"他问。

"因为没人会相信的。"我回答。

驼鹿盯着我看了好久。

"你说得对，"他最后终于说道，"你说得完全正确。"

明蒂走到墙边，抬头望着高高的窗户。

"我们怎么才能从这个鬼地方出去呢？"

"我有办法。"我对她说。

我们把哈普和奇普抬起来，放在了窗下。

然后，我爬上它们的帽子，把手举到窗户上，把自己拉了上去。

"谢谢帮忙，伙计们！"我朝下面喊道。

它们没有回答。

我真希望，它们能永远这样，一动不动。

明蒂和驼鹿跟在我后面爬了上来。

当然了，巴斯特还在院子里等我们。它跑到我跟前，不停地舔我的脸，直到把我脸上舔得又黏又湿。

"对不起，伙计，你来晚了。"我告诉它，"你没帮上什么忙，不是吗？"

它又舔了舔我。然后，它又跑去和明蒂和驼鹿打招呼。

"耶！我们出来了！我们出来了！"驼鹿喊道。

他在我背上重重地拍了一掌，我觉得满嘴的牙都快飞出去了！

我又看了看姐姐。

"挠痒痒！挠痒痒！挠痒痒！"我嚷嚷。

"别来烦我！"明蒂说。

她又白了我一眼。今天都已数不清她究竟翻了多少次白眼了。

"挠痒痒！挠痒痒！挠痒痒！"我假装要挠她，一直把她追到了街上。

"乔，快停下！别挠我！我警告你！"

"挠痒痒！挠痒痒！挠痒痒！"

我知道，我永远也不会忘记那些尖尖的声音。

我知道，在今后很长很长一段时间里，我连做梦都会梦到它们。

第二天晚上，爸爸妈妈回家的时候，我正和明蒂在书房里看MTV。

"对你们的爸爸好点儿，"妈妈在耳畔对我们悄悄说道，"有人把他的两个草坪矮人偷走了，他很生气。"

是啊，今天早上他一起床，就发现两个草坪矮人不见了。

这太让他吃惊了。

我和明蒂太高兴了，整整一天，我们都没有吵架。

现在，我们见到爸爸也很开心，只是他脸上有种奇怪的表情。

"嗯……我带回来一个惊喜。"他宣布,一面心虚地看着妈妈。

"又是什么?"妈妈问。

"来瞧瞧吧。"爸爸把我们大家领到前院。

太阳从树梢上落下了,天空中灰蒙蒙的。

可是,我却看得清清楚楚,爸爸又从"美丽草坪"商店买来了什么。

一头巨大的棕色石膏大猩猩!

它至少有八英尺高,大大的黑眼睛,紫色的胸膛格外显眼。大猩猩的爪子有棒球手套那么大,脑袋顶得上个篮球。

"这是我所见过的最丑的东西!"妈妈叫了起来,用双手捂住了脸,"你不会把这个可怕的怪物放在前院的草坪上吧,亲爱的?"

无论什么东西,都比草坪矮人好,我心想。

无论什么东西,总比能活过来搞恶作剧的草坪矮人强。

我抬头看了看明蒂。

我有种感觉,她现在的想法跟我一样。

"我觉得它真美,爸爸,"我说,"这是我见过的最好看的草坪大猩猩了!"

“真棒，爸爸。”明蒂也说。

爸爸脸上露出了微笑。

妈妈转过身，快步回屋去了，一路不住地摇头。

我抬起头，望了望大猩猩那棕黑色的大脸。

“做个好的大猩猩，”我咕哝了一句，“别像那些可怕的矮人那样。”

我正要走开，这时，大猩猩却冲我眨了眨眼。

果冻营历险

（精彩片段）

11 我打电话回家

　　大地剧烈地摇晃，乒乓球台震得直颤，上面的遮阳布也瑟瑟抖动着。

　　我膝盖发软，都快站不住了。

　　"地震啦！"我又叫了一声。

　　"没事的！"巴蒂叫着向我跑了过来。

　　他说得没错。轰隆声很快就停下来了。大地也停止了震动。

　　"隔段时间就会来这么一阵，"巴蒂说，"没什么大不了的。"

　　"没什么大不了的？"我的心还在猛跳，腿软得像两根面条。

　　"你瞧！"巴蒂让我看四下活动的人群，"谁都不在意。只是几秒钟而已。"

我环顾四周。看来他真没说错。主楼前，进行象棋比赛的孩子继续头都不抬地下棋，泳池对面的运动场上，孩子们的踢球游戏照旧进行，丝毫未受影响。

"一般一两天就要发生一次。"巴蒂对我说。

"怎么会这样，是什么原因造成的?"我问。

"那你可难倒我了。"他耸耸肩说。

"不过，摇得可真够厉害，一点危险都没有吗?"

巴蒂没听到我的问题，他已经跑开去看小孩子的踢球游戏了。

我再次迈步向宿舍走去，依然有点心惊肉跳的感觉，那奇怪的轰隆声仿佛还在耳中响个不停。

我拉开寝室的门，差点迎面撞上阿珍和艾维。她们俩都换上了白色的网球服，肩上扛着球拍。

"你去参加什么比赛啦?"

"赢到王币没有?"

"刚才的游泳比赛好棒呀，对吧?"

"你玩得开心吗，温蒂?"

"你打网球吗?"

她俩似乎非常兴奋，连珠炮似的问了七八个问题，连答话的时间都不给我。

"我们的网球锦标赛参赛人手不够，"艾维说，"比赛要进行两天，你吃完午饭就来网球场，好吗?"

"好的。"我说，"我打得不太好，不过……"

"待会儿见！"阿珍喊了一声，不等我讲完话，就和艾维急匆匆地跑了。

实际上，我网球打得相当不错。我发球很稳，双手握拍反手击球也蛮漂亮。

但我并非特别出色。

在家的时候，我和朋友艾丽森经常打网球玩。我们只是娱乐，不争输赢，很多时候只是把球打来打去，一个回合拉得老长。我们甚至连分都不记。

我决定参加网球赛，即便第一场就输，那也没有什么。

而且，我想着爸爸妈妈随时会来，爱略特和我反正也待不久的。

爸爸妈妈……他们的面孔浮现在我心头。

我猛然想到，他们肯定急坏了，担心得要命。真希望他们没事。

我突然有了一个主意。

我要给家里打电话。怎么早没想起来呢！我可以打家里的电话，录音留言，告诉爸爸妈妈我和弟弟在哪儿。

爸爸不管去什么地方，每隔一小时总要打电话回家查一下留言。为这妈妈没少笑话他，说他太紧张，生怕漏接一个电话。

听到我的留言，他们肯定开心死了！

真是个好主意！我心里大赞自己。

现在唯一要做的是找一部电话。

宿舍里肯定应该有电话。我在小小的前厅里找了一遍，没有找到。

服务台也没人，找不到人来问。

我向长长的走廊里望去，两边都是寝室，但没有电话。

再看另一条走廊，也没有。

我心急火燎地又从宿舍楼里出来，想到外面去找，一抬眼，不禁长嘘一口气。楼前就有两部付费电话机。

我的心兴奋得直跳，小跑着向电话冲去。

我拿起更靠近我的那一部电话的听筒，刚要放到耳边——两只有力的手突然从后面把我抓住！

"放下电话！"一个声音命令道。

雪怪复活

（精彩片段）

11　看不见的凶险

　　早餐过后，我们把狗套上雪橇，开始向雪山进发。亚瑟不跟我说话，连看都不怎么看我。我猜他还在为我的玩笑生气。

　　其他人都原谅我了，为什么他就不行？

　　我和妮可走在雪橇前面，跟狗并排。在我身后，爸爸的照相机发出一连串急促的咔嚓声，肯定是找到了摄影的好题材，于是我转过身去。

　　一大群麋鹿朝我们，朝雪山走了过来。我们停下来观赏。

　　"看啊，"爸爸小声地说，"真壮观。"他飞快地换上一卷新胶卷，又拍了起来。

　　这群麋鹿沉着地在雪地中前进，犄角高挺。经过一片灌木丛时，它们停下脚步，吃了起来。亚瑟拉紧了领头雪橇狗的缰绳，以免它大声吠叫。

突然，一只麋鹿抬起头来，似乎察觉到了什么。

随即，整个麋鹿群都紧张起来。它们调转头，在苔原上奔驰而去。莽莽雪原上顿时卷起雷鸣般的轰响，声势惊人。

爸爸松开了照相机。"奇怪，"他说，"不知道出了什么事。"

"它们受惊了，"亚瑟阴沉着脸说，"不是因为我们，也不是因为狗。"

爸爸的眼睛在地平线上搜索："那，到底是什么？"

我们都等着亚瑟的回答，但他只是说了句："我们应该调头，立即回到镇里。"

"我们不会回去，"爸爸固执地说，"已经走了这么远。"

亚瑟目光炯炯地逼视着他："你到底接不接受我的建议？"

"不接受，"爸爸回答，"我在这儿有工作要做，而我雇你也是来工作的。没有说得过去的理由，我们不能回去。"

"我们有说得过去的理由，"亚瑟也不肯放弃，"只是你不这么想。"

"前进。"爸爸下令。

亚瑟狠狠地皱着眉头，对狗群吆喝了一声："走！"雪橇动了起来，我们跟上去，向雪山走去。

妮可走在我前面几步远的地方。我抓了一把雪，拍成一个雪球，但转念一想，还是不要扔的好。现在谁都没有打雪仗的兴致。

在雪地上又走了两三个小时，我脱下手套，活动活动手指。上嘴唇不停地挂霜，我伸手擦了擦。

我们来到雪山脚下的一片松树林里。突然间，雪橇狗猛然停下，开始汪汪大叫。

"走！"亚瑟喝道。

雪橇狗不听号令，一步都不肯走。

妮可跑到她最喜爱的拉尔斯身边："怎么回事，拉尔斯？出什么事了？"

拉尔斯呜呜噪叫。

"它们怎么了？"爸爸问亚瑟。

亚瑟的脸再次变得苍白。他的手在发抖，眼睛迎着雪地刺目的反光，紧张地瞪着树林。

"狗受惊了，"他说，"看，它们的毛都竖了。"

我抚拍着拉尔斯。是这样的，它全身的毛都竖了起来，喉咙里发出低沉的咆哮。

"能让这些狗害怕的东西不太多，"亚瑟说，"不管是什么，一定把它们吓坏了。"

四条狗全都在低声狂吠。

　　妮可向爸爸靠过去。

　　"雪山上有很危险的东西，"亚瑟说，"危险——离我们已经很近。"

鸡皮疙瘩 俱乐部，进行时！……

下面的这段话你要牢牢记住哦。瞪大眼睛看清楚，可能你的人生会就此转变。

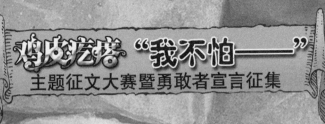

鸡皮疙瘩 **"我不怕——"**
主题征文大赛暨勇敢者宣言征集

你是不是在生活中经常遇到一些惊险、有趣的事呢？把这些让人起鸡皮疙瘩的故事告诉我们吧。参加"我不怕——"主题征文大赛和勇敢者宣言征集，你的作品将有机会入选《鸡皮疙瘩"我不怕——"主题征文大赛获奖作品选》，本书将由接力出版社于2010年12月正式出版，你还将有机会获得著名作家的亲自点评。

大赛指南

一、选手资格

凡购买"鸡皮疙瘩系列丛书"的读者，持有本页左下方的"我不怕——"标志，即可成为选手。

二、参赛要求

1．以"我不怕——"为题，发挥你的创意或者记录你身边的惊险故事，字数500—1000字。
2．以"勇敢"为主题，说出自己的勇敢宣言。字数不超过50字。

三、参赛方式

选手将作品和"我不怕——"标志一起寄到北京东城区东中街58号美惠大厦3单元1203室接力出版社"鸡皮疙瘩"编辑部，邮编100027。来信请留下详细的通信地址和邮编。应广大小读者的热切期望，本活动截止时间至2010年8月31日。

四、评选和奖励

获奖作品将入选《鸡皮疙瘩"我不怕——"主题征文大赛获奖作品选》，本书将于2010年12月由接力出版社正式出版。获奖名单及入选作品将于2010年10月在全国重要媒体和接力社网站上公布。

特等奖20名
获奖征文将得到著名作家的亲自点评，入选《鸡皮疙瘩"我不怕——"主题征文大赛获奖作品选》图书，作者获稿酬50元，由接力出版社赠送样书两册。

优秀奖100名
获奖征文入选《鸡皮疙瘩"我不怕——"主题征文大赛获奖作品选》图书，作者获稿酬50元，由接力出版社赠送样书两册。

鼓励奖500名（仅限勇敢者宣言）
接力出版社赠送《鸡皮疙瘩"我不怕——"主题征文大赛获奖作品选》样书一册。

欢迎参加！

《鸡皮疙瘩"我不怕——"主题征文大赛获奖作品选》
将收录 **100** 篇获奖优秀征文、**500** 个勇士的宣言）

"神奇力量值" 寻找行动

——有奖集花连环拼图游戏

奖品和奖励

来看看这些诱人的奖品吧，这是对勇敢者的犒赏！还等什么，赶快行动吧！

特等奖1名： 升学大礼包，价值3000元

一等奖5名： 名牌MP4一个，价值500元

二等奖50名： 超酷滑板一个，价值100元

三等奖500名： 接力出版社获奖图书一册

（以下十种任选一本）

《黑焰》、《万物简史》、《舞蹈课》、《亮晶晶》、《亚瑟和黑暗王子》、《来自热带丛林的女孩》、"淘气包马小跳系列"一册、"小香咕新传"一册、"魔眼少女佩吉·苏"一册、"秦文君花香文集"一册

玩家提示

想征服斯坦的魔幻世界吗？想成为名副其实的勇士吗？来考查一下你的力量值吧？本批"鸡皮疙瘩系列丛书"中隐藏了行动力、意志力、想象力、观察力、自控力、思考力、应变力、创新力等八种神奇的力量，只有具备了这八种力量，才能在"鸡皮疙瘩"的惊险旅程中行进得更远。勇士们，擦亮眼睛，来找出这八种神奇力量标志吧！

游戏指南

收集分散在八本书中的八个标志，寄到北京东城区东中街58号美惠大厦3单元1203室接力出版社"鸡皮疙瘩"编辑部，邮编100027，即可参加抽奖，本活动截止日期为2010年6月30日。

创新力 奖

神探赛斯惊险档案

8

抉 择

　　有些小读者可能会好奇，神探赛斯结婚了吗？他有没有女朋友呀？

　　呵呵，赛斯先生有女朋友了——他的助手安妮小姐。一个聪明、温柔又善解人意的女孩，朋友们都觉得他俩十分般配。

　　可是赛斯的工作经常面对各种各样的危险，安妮渐渐感到力不从心，她无法再忍耐下去了。在一阵激烈争吵过后，她离开了，只留下了一封信：

　　"我不知道会去哪儿，你也没有必要去找我，也许我的心情好了，我会主动联系你的。在你身边经历那种冒险生活，我慢慢变得无法呼吸，更不要说思考了。因此，我得离开，这并不意味着，你或者我做错了什么……"

　　一年过去了，她给他打了电话。经过旅游和休假，她说自己心情恢复了。她爱他，正如他也爱她，但是他俩还是无法在一起，除非他能够远离那些危险。同时，他俩都很清楚，远离了危险生活的赛斯，也就再也不是真正的赛斯了……

　　赛斯感到困惑：他帮助别人解决问题、著书立说、四处演讲、受人欢迎，这都是他生活的意义。他真的该把它们统统丢下吗？丢下了这些，小读者们可能再也不能见到他了。

　　另一方面，他真心爱着安妮，他希望身边能有她陪伴。在这

种情况下，双方都面临痛苦的选择，他第一次发现，原来他也有无法解决的困难……

那么，各位读者，赛斯何去何从，就交给你来选择……

A. 赛斯应该留下，因为他就是他！

B. 赛斯应该放下工作，他得去陪着她！

C. 再这样等一段时间吧，也许她会回心转意。

　　解析：真是个残酷的选择，对不对？本故事旨在表现读者心目中学业与爱情的平衡关系。有时，事情难以两全，你总得放弃一个，不是吗？当然啦，我希望那些让赛斯留下来的小读者，不只是因为喜欢他、想要再见到他，而是真正地为他考虑。

　　A.　很显然，事业和学业对你产生了主导，那是你价值的体现，加油吧！

　　B.　很显然，爱情是你的主导。你不想孤单，希望被人陪伴也陪伴别人，但美好的感情更需要事业的成功。先放一放，并不意味着永远的放弃！

　　C.　你绕开了选择，你想过这样下去的痛苦吗？

 赛斯知识讲座

我是否留下来，其实并不重要。就如同学业（事业）和爱情到底哪个更重要，不同的年龄阶段可能要有不同的侧重。不过我想说的是，不管作出哪种选择，你都是你。要尊重自己，尊重自己的选择；同样也要尊重别人，尊重他人的感受。拖得太久而不作出选择，本身就意味着你放弃了。所以，在我们不知何去何从时，请尽量选择一个你想要的答案吧！停留，只能让你失去更多。

赛斯机密档案

姓名：赛斯
年龄：$4 \times 9 \div 3 - 6 + 8 + 10$
基因：变异基因
职业：私家侦探
性格特点：冷静、冷酷、冷峻
特殊喜好：凌晨三点在路灯下
　　　　　　看"鸡皮疙瘩"
被人崇拜程度：orz

　　本测试题由著名心理咨询师、原中央教育科学研究所心理研究员孙靖（笔名：艾西恩）设计，插图由著名插画家马冰峰绘画。

情报站

1995年　"鸡皮疙瘩系列丛书"改编成电视
　　　　剧，在美国连续四年收视率第一

1995年　"鸡皮疙瘩主题乐园"落户美国迪斯
　　　　尼乐园

1995年　R.L.斯坦获选美国《人物》周刊年
　　　　度最有魅力人物

2003年　"鸡皮疙瘩系列丛书"被吉尼斯世界
　　　　纪录大全评定为销量最大的儿童系
　　　　列图书

2007年　R.L.斯坦获得美国惊险小说作家最
　　　　高奖——银弹奖

2008年　"鸡皮疙瘩系列丛书"电影改编版权
　　　　被美国哥伦比亚电影集团公司买断并
　　　　将翻拍成好莱坞大片

桂图登字：20 - 2008 - 017

图书在版编目（CIP）数据

丛林骷髅头·草坪矮人怪／(美) 斯坦 (Stine, R.L.) 著；袁异译. —南宁：接力出版社，2009.1

(鸡皮疙瘩系列丛书：升级版)

书名原文：How I Got My Shrunken Head·Revenge of the Lawn Gnomes

ISBN 978-7-5448-0569-8

Ⅰ.丛… Ⅱ.①斯…②袁… Ⅲ.儿童文学–长篇小说–作品集–美国–现代 Ⅳ.I712.84

中国版本图书馆CIP数据核字（2008）第178593号

总策划：白 冰 黄 俭 黄集伟 郭树坤　　总校译：覃学岚
责任编辑：冯海燕　　美术编辑：郭树坤 卢 强
责任校对：翟 琳　　责任监印：梁任岭
版权联络：钱 俊　　媒介主理：常晓武 马 婕

社长：黄 俭　　总编辑：白 冰
出版发行：接力出版社
社址：广西南宁市园湖南路9号　　邮编：530022
电话：0771-5863339（发行部）　　010-65545240（发行部）
传真：0771-5863291（发行部）　　010-65545210（发行部）
网址：http://www.jielibeijing.com　http://www.jielibook.com
E-mail:jielipub@public.nn.gx.cn

印制：北京鑫丰华彩印有限公司
开本：850毫米×1168毫米　　1／32
印张：9.75　　字数：170千字
版次：2009年1月第1版　　印次：2010年3月第4次印刷
印数：60 001—75 000册
定价：18.00 元